異世界から聖女が来るようなので、邪魔者は消えようと思います２

蓮水　涼

22585

角川ビーンズ文庫

Contents

ウィリアム・フォン・
シャンゼル
シャンゼル王国王太子。常に
笑顔で、甘いマスクに甘い
声——だが、裏の顔がある？
フェリシア・
エマーレンス
グランカルスト王国第二王女。
前世で知った乙女ゲームの
世界に転生。薬草毒草に
興味があり、薬の調合が得意。
異世界から聖女が来るようなので、邪魔者は消えようと思います

Characters
人物紹介

アイゼン

フェリシアの兄。
グランカルスト王国の
国王に即位。

サラ

乙女ゲームのヒロイン。
黒髪・黒目の
異世界から来た聖女。

ダレン

医師。見た目は屈強な
男性だが、中身は乙女。

ライラ

フェリシア付きの侍女。

フレデリク

近衛騎士。

Isekai kara Seijo ga
kuruyou nanode,
jamamono ha kieyou to
omoimasu

本文イラスト／まち

プロローグ

ウィリアムには嫌《きら》いなものが三つある。

一つ、フェリシアに害をなすもの。

二つ、自分の邪魔《じゃま》をするもの。

そして三つ——教会だ。


「では、まだ薬の確証には至っていないということですかな？」

シャンゼル王国王都、トレマ区内にある教会本部にて。

ウィリアムは、緋色《ひいろ》地に銀糸のローブを羽織る何人もの枢機卿《すうききょう》に見下ろされていた。

半円状に囲まれ、まるで裁きを待つ罪人の扱《あつか》いである。見下ろす老獪《ろうかい》な眼差《まなざ》しは、いつ来ても不愉快極《ふゆかいきわ》まりない。この中にはまともな御《ご》老人もいるのだろうが、それはいったい何人か。

少なくとも今、ウィリアムが瘴気《しょうき》を浄化《じょうか》する薬について何も確証はないと言った時点で胸《むね》を撫《な》で下ろした御老人の中には、まともな者なんていない。

「おい、どうなんだ。さっきから黙《だま》りこくって。さっさと答えんか」

先ほどとは別の枢機卿が、苛立《いらだ》ちを露《あら》わに言う。ウィリアムに——ではなく。その後ろで不《ふ》機嫌《きげん》そうに沈黙《ちんもく》している、アイゼンに。

「件《くだん》の薬は君が調合したとか。そうでしたな？　王太子殿下《でんか》」

「さて。そんなことを言ったような、言っていないような」

「なっ、ふざけているのですか殿下⁉」

「まさか。私はいつでも大真面目《おおまじめ》ですよ？」

ウィリアムはいつもの対外用スマイルを浮《う》かべると、とぼけたように小首を傾《かたむ》けた。

「どう考えても我々《われわれ》をおちょくっているとしか思えませんがね。王太子といえど、我らにその権力が通用すると思わぬことです。そもそもシャンゼル王家が懇願《こんがん》するから仕方なく聖女を預けておりますが、いつ返してもらっても構わんのですぞ、こちらは。手元に聖女がいるからといって、調子に乗るのも大概《たいがい》にしてはどうですかな！」

「それは失礼しました。騎士《きし》との連携《れんけい》が不可欠であるため要請《ようせい》し、教皇聖下にいただいた許可でしたので、まさか枢機卿程度に覆《くつがえ》せるとは思ってもいなかったのです。以後、気をつけましょう」

嫌味《いやみ》で返された枢機卿は、今にも破裂《はれつ》させそうなほど顔を真っ赤に膨《ふく》れさせた。確かこの枢機卿は隣国《りんごく》出身だったな、とウィリアムは内心で考える。

〝教会〟とは、一つの巨大な組織であり、国境は関係ない。人種も身分も関係ないため、その本部には様々な人間がいる。聖女への信仰《しんこう》のみをもって成り立つ組織であるからか、たまにこういう勘違《かんちが》いをした輩《やから》まで現れるのが困りものだった。

　まるで世界は、自分の手中にあると言わんばかりに。

(まあ、無理もないか)

　なぜなら浄化の力を持つ聖女を選び、もしくは召喚《しょうかん》する方法を知っているのは、教会――というより教皇――のみだからだ。魔物被害《ひがい》に苦しむ人々にとって、そんな教会への期待と信頼《しんらい》は絶大なものである。

　だからウィリアムは、教会が嫌いだった。

　王家の権威《けんい》を脅《おびや》かす存在であることはもちろん、聖女を商売道具とみなし、過去、彼らが重ねた罪は忘れもしない。先代聖女が命を落としたのは、過労が原因だった。

(二の舞《まい》にさせないためにサラは理由をつけて預かったけれど、預かって正解だったな。彼らは反省もしないらしい)

　だから、ウィリアムは教会が嫌いなのだ。

　そしてだから、アイゼンを巻き込んだ。

　薬の本当の調合者《フェリシア》ではなく、教会でさえ簡単に手を出せないであろう、アイゼンを。

「とにかく、薬の開発には反対だ！　危険な魔物に飲ませなければならないものなど、役に立つものか！　そんなもので舞《ま》い上がって恥《は》ずかしいと思わんのかね」

勝ち誇《ほこ》ったような粘《ねば》つく笑《え》み。枢機卿の視線はウィリアムを通り過ぎ、アイゼンを見ていた。

「……ウィリアム殿《どの》」

そこでようやく、アイゼンが口を開く。

「これは、余は喧嘩《けんか》を売られていると思ってよいのか？　ならば言い値の倍で買うが、よもや貴殿《きでん》まであちら側ではないだろうな？」

「不思議ですね。今までのやりとりのどこを見てそう思えたのです？」

「貴殿がこんなところに余を呼び出すからだ」

ギロリと睨《にら》まれても、ウィリアムの微笑《ほほえ》みは崩《くず》れない。

「おいっ。二人で何を話している」

「まったく、相変わらずこちらと敵対するのがお好きな王太子ですな」

「いや、だが今回彼は希望を持って来ましたぞ」

「何が希望だ。浄化は聖女のみができるからこそ神秘的なのだ。神の力に手を伸《の》ばそうなど、冒瀆《ぼうとく》も甚《はなは》だしい」

「しかし――」

頭上で繰《く》り広げられる言い合いを、ウィリアムは冷めた心で静観していた。

こんな光景は常のことだ。どこに行っても野心溢《あふ》れる者はいる。それを隠《かく》すか、隠さないか。

ちなみにウィリアムは、隠すほうだ。

「他《ほか》に御用《ごよう》はありませんね。でしたらそろそろ退室させていただきます」

これ以上の長居は無意味と悟《さと》り、ウィリアムはさっさと話を終わらせにかかる。

「念のため申し上げますが、私は今日、調薬の許可を取りに来たわけではありません。そちらの招請《しょうせい》に応じただけです。間違っても誤解なさらぬようお願いしますよ。それでは義理を果たしたとみなし、ここで失礼させていただきます」

好き勝手に投げられる怒号《どごう》を拒絶《きょぜつ》するように、ウィリアムは枢機卿らに背を向けると、悠然《ゆうぜん》と会議室を出た。アイゼンもまた続けば、ウィリアムの騎士によって扉《とびら》が閉められる。

刹那《せつな》、世界を切り離《はな》したように訪《おとず》れる静寂《せいじゃく》。

アイゼンの騎士も合流し、会議室から十分な距離《きょり》を取ると、最初に口火を切ったのはアイゼンだった。

「で？　説明はしてもらえるんだろうな」

「そう慌《あわ》てないでください、義兄上《あにうえ》」

「その呼び方はやめろ。今回のことで、なおのこと貴殿に呼ばれたくなくなった」

「これは手厳しい。ですが私としては、まさか本当に来てくださるとは思わなかったんですよ。薄々《うすうす》感じてはいましたが、これで妹馬鹿《シスコン》だと確定しましたね、義兄上」

「ふざけているな？　以後その呼び名で呼ぶことを禁ずる。次はフェリシアを連れて帰るぞ」

ウィリアムはやれやれと軽く肩《かた》を竦《すく》めた。

彼がアイゼンを呼び出したのは、数週間前のことである。

――〝フェリシアの危機です。彼女のため、どうかご来訪を〟

送った書簡に書いたのは、だいたいそんな言葉だった。これで国を出る王など滅多《めった》にいない。

しかしウィリアムは知っていた。アイゼンが、嫌われ役を買ってまで異母妹《いもうと》を守っていたことを。さらに彼が、意外と情の深い男だということを。

彼なら来る。はたしてその目論見《もくろみ》どおり、アイゼンは各国の視察という名目で再びシャンゼルの地を踏《ふ》んでいた。

「連れて帰られるのは困りますが、来てくださったことには素直《すなお》に感謝していますよ。あなたをフェリシアの身代わりにしなければ、今日ここで矢面《やおもて》に立たされていたのは彼女でした。あなただって、かわいい妹をあんな老害たちの前には晒《さら》したくなかったでしょう？」

「ならば貴殿があんなことを報告しなければよかった。違うか？」

「確かに。耳が痛いです。ただ私にも、考えがあるとだけ」

「考えだと？　ふん。そのために利用される愚妹《ぐまい》が哀《あわ》れだな」

ウィリアムは何も答えなかった。心内を読ませない微笑みだけを浮かべて、淡々《たんたん》と歩き続ける。

「約束と違うぞ、ウィリアム殿」

アイゼンが静かに言う。瞳《ひとみ》の奥に、怒《いか》りを煮詰《につ》めさせながら。

二人の間に、過去の光景が蘇《よみがえ》る。

――〝私はここに、フェリシア王女を迎《むか》えに来たのですから〟

――〝なんとも執念《しゅうねん》深い王子よ〟

グランカルストの王宮。その地下で。明かりに照らされる二つの影《かげ》。湿気《しっけ》とカビの臭《にお》いが鼻をつく中。

『そなたは昔、アレを守ると言ったか』

『ええ、言いましたね』

『本当に守れるのか？　数多《あまた》の悪意から、殺意から、そして何より、余の手から』

幼い頃《ころ》にした一度目の求婚《きゅうこん》の申し出は、このアイゼンによって撥《は》ね除《の》けられている。

――〝大陸のどの国を相手にしても、勝てるだけの自信をつけてこい〟

どうせ無理だろう、おまえごときが思い上がるなよ。と。

だから二度目のこのとき、ウィリアムは挑発《ちょうはつ》するように答えた。

『守れますよ。あなたが言ったように、私はフェリシアを守れるだけの知恵《ちえ》と知識を身につけた。大陸のどの国にも負けない自信をつけた。もちろん貴国にも負けません。それを証明するための期間は、すでに終わったと思っていますが？』

「忘れていないならば、この体《てい》たらくはなんだ。あれはその場の嘘《うそ》だったと？」

「いいえ？　〝国〟なら自信はありますよ。ですが教会は国ではない。あれは国を超《こ》えたハイエナの巣のようなもの。約束は違《たが》えていません」

「ほう？　では、あれは放置すると？」

「さあ、どうしましょうね？」

何やら企《たくら》むような言葉に、アイゼンが目を眇《すが》める。

それを知ってか知らずか、ウィリアムはわざとらしい明るさで、

「それより、せっかく視察という名目を押し通して来てくださったんですから、フェリシアに会っていきますよね？」

どう考えても嫌味《いやみ》と取れることを言った。

「誰《だれ》のせいでそうなったのか。貴殿は少しくらい申し訳なさそうにするべきだ」

「さっきも言ったように、半分冗談《じょうだん》で送ったものですから」

よく言う、とアイゼンは嘲笑《ちょうしょう》した。

「わざわざ余を呼び出したのは、フェリシアの身代わりをさせるためだけではあるまいに」

「さすが義兄上。裏を読んでいただけて嬉《うれ》しいです」

その瞬間《しゅんかん》、アイゼンの腕《うで》が目の前を横切る。

ダンッと鈍《にぶ》い音が響《ひび》いて、警戒《けいかい》した騎士《きし》が動き出そうとするのを、ウィリアムは軽く手を振《ふ》って制止させた。

鋭《するど》い視線が突《つ》き刺《さ》さる。まるで白刃《はくじん》を突きつけられているようだ。

「次にそう呼べば、フェリシアを連れて帰ると言ったはずだが」

憎々《にくにく》しそうな声に、思わず素で笑ってしまいそうになる。それを寸前で押しとどめると、ウィリアムは目の前にあるアイゼンの腕をくぐるように躱《かわ》した。

「――気をつけてください」

笑いそうになったのは、その憎らしげな声だけではない、フェリシアの義兄《あに》が、思ったとおり利口な男だったから。

そしてわざわざここに呼んだのは、彼女の義兄が、彼女を守るために今後も何かと役に立ちそうだったから。

残念なのは、ウィリアムとしては親しみを込めて呼んだ名が、お気に召《め》してもらえなかったことだろう。

振り返ることはしなかった。ただ、いつもより真剣味《しんけんみ》を帯びた声で、ウィリアムは忠告する。

「ハイエナは夜行性ですから、気づかぬうちにあなたの庭を荒《あ》らされぬよう周囲を警戒しておいてください」

「ふん、それが本題か。最近やたらと他国《よそもの》の使者が多いと思ったら、まさかそういうことだったとはな。さっきの連中の中に何人か知った顔がいた」

「フェリシアがこちらに来た影響《えいきょう》でしょう。縁《えん》ができたとでも思っているのでは、彼らは」

「愚《おろ》かな。早急に叩《たた》き出してくれる」

そう言ったアイゼンの目は、獰猛《どうもう》な獣《けもの》のように闘志《とうし》に燃えていた。

ウィリアムはそれを満足そうに一瞥《いちべつ》すると、再び硬質《こうしつ》な靴音《くつおと》を鳴らし始める。

目的は達成した。これでアイゼンは、教会の思惑《おもわく》を知ることとなった。教会には、貴族にも負けない貪欲《どんよく》な者が多い。そしてその大半が己《おのれ》の権力にしか興味がない。

今は魔物《まもの》の被害《ひがい》が多い東大陸にしか勢力を伸《の》ばせていない彼らだが、ゆくゆくは西側にも、と考えている野心家はそれなりにいる。

現にそう考え行動していた何人かが、グランカルスト王《アイゼン》の登場に目を光らせたことを、ウィリアムは見逃《みのが》していない。

「ところでウィリアム殿《どの》」

ふいに呼び止められ、思わず振り返る。先ほどと打って変わって、その声音《こわね》がニタついているのが不穏《ふおん》だった。

「貴殿《きでん》には、こんな余計なお節介《せっかい》をする暇《ひま》があるのか？」

「と、言いますと？」

「なんでも聞いたところによると、我が愚妹は貴殿との過去を忘れているらしいじゃないか。

滑稽《こっけい》すぎてわら――いやなに、不憫《ふびん》に思えてな？　貴殿は愚妹のために奔走《ほんそう》してくれたというのに、まさか愚妹が忘れているとは、さすがの余も思わなかったのだ。本当に申し訳なく思っているぞ。何ぶんあれは、興味のないことには頭を使わないようでな？」

　くく、とアイゼンが喉《のど》を鳴らす。申し訳ないと思っていないのは、その愉悦《ゆえつ》に満ちた声でわかるというものだ。

　ウィリアムは、油断すると浮《う》かび上がりそうになる青筋を綺麗《きれい》に抑《おさ》えて、さっさと立ち去ることにした。このままでは何かの拍子《ひょうし》に義兄に苛立《いらだ》ちをぶつけてしまいかねない。

「ウィリアム殿。今日の礼に、余からささやかなプレゼントを用意しよう。なに、遠慮《えんりょ》はいらない。余にとっても役に立ち、貴殿にとっては良い刺激《しげき》となり、フェリシアにとっては過去を振り返る良い機会となろう。だから――」

　だから、早く思い出してもらえるといいな？　と。

　彼のこのひと言が、後《のち》にフェリシアを大変な目に遭《あ》わせることになるのだが、王宮でのんびりと過ごしている彼女には知る由《よし》もないことだ。

　結局、ウィリアムの笑顔《えがお》は氷点下の冷たさを帯びることとなっていた。

第一章　乙女ゲームも鬼畜でした

「嫌《いや》ぁぁぁあああ！」

長閑《のどか》な朝に、切迫《せっぱ》詰《つ》まった悲鳴が響く。

ガチャガチャと慌《あわ》ただしい音のあと、フェリシアの寝室《しんしつ》の扉《とびら》が開かれた。

「王女殿下《でんか》！」

「王女さん！」

扉から現れたのはライラだ。ショートヘアと、デフォルトの無表情が特徴《とくちょう》的な、フェリシアの騎士である。以前は潜入《せんにゅう》調査のために侍女《じじょ》のふりをしていたが、その必要もなくなった今、彼女は正式にフェリシア専属の騎士となった。

対して、急に上から降ってきたのは、いつのまにかフェリシアのそばに侍《はべ》るようになったゲイルである。

「ひっ。どこから出てきてるのよ、ゲイル！」

「え、天井《てんじょう》ですけど」

なぜさも当然のような顔をするのか。理解できない。が、これがこの男の通常運転であることは、フェリシアもこれまでの付き合いから学んでいる。おかげで、このふざけた男に敬称《けいしょう》をつける気もなくなっていた。

「もうっ、いい加減その神出鬼没《しんしゅつきぼつ》な登場はやめてって言ってるでしょ！」

「いや〜そんな、神出鬼没だなんて。なんかかっこぶふっ」

ライラがゲイルを床《ゆか》に沈《しず》める。これもまた、最近はお馴染《なじ》みとなりつつある流れだ。

どうやらライラは、ゲイルが必要以上にフェリシアに近づいた場合、容赦《ようしゃ》なく沈めろとウィリアムから厳命を受けているらしい。まあ、彼は元暗殺者で、過去にはフェリシアを狙《ねら》ったこともあったから、仕方ないと言えば仕方ないのだが。

むしろなぜ今のような状況《じょうきょう》が出来上がったかというと、ゲイルが自分と同じ趣味《しゅみ》を持つフェリシアを気に入り、ウィリアムと何かしらの取引をしたからだ。フェリシアとしても、なんだかんだ貴重な趣味仲間であるため、ゲイルのことを無下にできないのが現状だった。

そうして最終的に、彼は対暗殺者《かげ》用の護衛として雇《やと》われることになったのである。

「この阿呆《あほ》はさておき、王女殿下、先ほどの悲鳴はどうされました？」

ライラのその言葉で、フェリシアは我《われ》に返った。

「そうだったわ……！　ゲイルのせいで忘れるところだったけど、大変なのよ！」

フェリシアは、今朝見た夢を思い出す。悪夢だ。前世の記憶《きおく》という、ある意味正夢となり得る最悪の夢。

(どうしよう。もうゲームは終わったと思って、完全に油断してたのに)

この世界は、前世に見た乙女ゲームの世界ではあるけれど、すでに婚約破棄《こんやくはき》イベントは終《しゅう》了《りょう》し、物語はエンディングを迎《むか》えた。ヒロインと護衛騎士がくっつき、悪役《フェリシア》と攻略対象者《ウィリアム》がくっつくというルート外の結末もあったが、ゲームで言うところの婚約破棄イベントは、無事に終わっているのである。

そりゃあ油断もするというもの。なんなら忘れていたくらいである。

だから元暗殺者《ゲイル》が近くにいようとも、フェリシアは特に気にしていなかった。なぜなら、ゲームにあった自分のデッドエンドは、回避《かいひ》したと思っていたから。

なのに、今朝見た夢は、

(追加エピソードって何⁉)

前世の妹が、意気揚々《いきようよう》と続きをプレイする姿だった。

『やだもう何コレ最高！　両想《りょうおも》いの後をプレイできるとか制作チームもわかってるぅ！　これで思う存分イチャつき放だ——ってはぁぁあ⁉　え、何これ、うそでしょっ？　ヒロインが死んだんだけど‼』

そう、追加されたエピソードには、まさかのヒロイン死亡ルートがあった。

しかもそれだけじゃない。このゲームは、ファンにとって最も恐《おそ》れていることをやってのけた。

『な、なんっ、なんでぇぇえ!?　ウィリっ、私の愛《いと》しのウィリアムが!!　ヒロイン庇《かば》って死んだんですけどぉーッ!?』

攻略《こうりゃく》対象者まで死ぬという、鬼畜のエピソードを追加していたのである。

(誰《だれ》よこのゲーム作ったのは！)

制作チームを恨《うら》んだのは、きっとフェリシアだけではない。幸せになったその後に死亡ルートを用意するなんて、悪魔より酷《ひど》い所業だ。

そんなルートの存在を思い出してしまったなら、フェリシアは居ても立ってもいられない。

ヒロインであるサラはせっかくできた友人で、攻略対象者の一人であるウィリアムは、初めてできた好きな人なのだから。

「ライラ、ちょっと訊《き》きたいのだけど」

「はい、なんでしょう」

「まさか最近、魔物が街中によく出現するなんて話、ないわよね？」

フェリシアは前世、この乙女ゲームをプレイしていない。そのため例によって詳細《しょうさい》を知らないので、断片《だんぺん》的な記憶を頼《たよ》りに訊《たず》ねてみる。

追加エピソードの起点は、街中に出現する魔物の増加だ。

「なんでもいいの。噂《うわさ》とかでもいいから、そんな話、聞いたことはないかしら？」

今のところ思い出せたのは、ヒロインが、両想いになった攻略対象者と愛を深めながら共に黒幕を倒《たお》すエピソードだということ。無事に黒幕を倒した暁《あかつき》には、悶《もだ》え死に必至のスチルがもらえるということ。

そして、ヒロインに選ばれなかった攻略対象者が、ヒロインを庇って死んでしまうということ。

（今回ヒロインが——サラ様が選んだのは……）

彼女の騎士《きし》、フレデリク・アーデンだ。二人は少しずつ愛を育《はぐ》んでいるらしい。

とするならば、悪役《フェリシア》を選んでしまったウィリアムは——。

（だめだめ。彼のデッドエンドなんて、そんなの絶対だめよ！）

たとえそういうシナリオだったとしても、黙《だま》って見過ごすわけにはいかない。

不安に揺《ゆ》られながらライラの答えを待っていると、彼女が慎重《しんちょう》に問い返してきた。

「念のためお伺《うかが》いしますが。その話、どちらでお聞きになりましたか、王女殿下」

探《さぐ》るような声音《こわね》である。でも今のフェリシアに、それを気にする余裕《よゆう》はない。

「そんなのどこでもいいわ。それよりどうなの？　やっぱりそうなの？」

詰《つ》め寄ると、ライラが困ったように視線を外す。なんてわかりやすい肯定《こうてい》だろう。鈍感《どんかん》でも馬鹿《ばか》ではないフェリシアは、ライラの様子から確信した。

（そんなっ。もうなの!?）

顔から血の気が引いていく。

　すると、押し黙ったライラとフェリシアを交互《こうご》に見やったゲイルが、床に転がったまま口を開いた。

「なぁ、王女さん。ちなみにだけど、そんなこと訊いてどうすんすか？」

「え？　どうって……」

「だってそうでしょ。たとえ魔物《まもの》が街中で増加してたとして、王女さんは聖女じゃない。浄化《じょうか》なんてできっこない。王女さんは騎士でもない。魔物を倒すことすらできっこない。ならさ、訊いたって仕方ないんじゃない？」

　確かに、ゲイルの言うとおりだ。いつもふざけたことばかり言うくせに、なぜ今は痛いところを突《つ》いてくるのか。

　でもフェリシアには、一つだけ、ウィリアムの役に立てることがある。

「たとえそうだとしても、私には例の薬があるわ。魔物の瘴気《しょうき》を浄化できるかもしれない薬が。今はまだ、材料の薬草がシャンゼルにあるかどうか調べてもらってるけど、それさえわかれば……」

「そう！　それっすよ」

　がばっと、ゲイルが勢いよく半身を起こした。

「王女さんには、王女さんしか知らない浄化の薬がある。なのになんで、こんなふうに他人の結果を待ってるんです？」

「他人の結果？」

「だぁーかぁーらぁ。王女さんも探しましょーよってことですよ！　材料の有無《うむ》は引き続き専門家に任せるとして、万が一無かったことも考えて、他《ほか》のも試《ため》したりとかしましょーよ。もしかしたら新たな可能性が見つかるかもしれないですよ。考えるだけで楽しそうじゃないっすか！　なのになんでこんなところで大人しくしてんですか」

「ゲイル、あなた……」

フェリシアは両手で口元を覆《おお》う。まるでこの世の真理を得たように。

「あなた、たまには良《い》いこと言うじゃない！　さすが私の趣味仲間だわ」

「当然っすよ。毒好きなら解毒剤《げどくざい》くらい作れないとですからね」

「そうね。だから調薬も好きなのよね」

「そうそう。新しい薬が出来上がったときなんか、早く試したくて毒を盛ったり」

「うんうん。自分の身で成功を実感したときの達成感は、何物にも代えがたいわよね！」

「いや、俺は普通《ふつう》に他人に盛りますけどね」

その瞬間《しゅんかん》、フェリシアは表情を一変させた。花咲《はなさ》く春の乙女《おとめ》から、吹雪《ふぶ》く冬の雪女へ。

「やっぱりあなた、最低ね。それでも真の毒好きと言えるの？」

「え。ドン引きされることにドン引きなんですけど。まあいいじゃないっすか！　この仕事してる限りは俺、暗殺業から手を引く約束なんで。今はしませんよ。そんなことより俺が言いたいのは、調薬しましょーよって話です！」

それには大いに賛成のフェリシアである。

ウィリアムには判明するまで待っていてほしいと言われていたけれど、ただ待つなんてらしくなかった。

フェリシア自身が、彼の役に立ちたいと思ったのだ。

なら、他人《ひと》任《まか》せでいいはずがない。薬も魔物も、まとめて調査すればいい。

「だめです。お待ちください」

しかし、興奮しながら寝室《しんしつ》を出ようとした二人を、ライラが扉《とびら》の前で通せんぼする。

「それはなりません。殿下《でんか》より、この件に王女殿下を関《かか》わらせるなと申し付けられております」

フェリシアはぽかんとした。どういうことかと。関わらせるな、だなんて。そんなの初耳だ。

対してゲイルは、初めからそれを知っていたように反論している。

「まあまあ、そんな固いこと言わずにさ。ほら、王女さんだってやる気なんだから」

「魔物を倒したいなら一人でどうぞ。王女殿下を巻き込まないでください」

「いやいや、俺は魔物じゃなくて、調薬をね。だって暇《ひま》なんだよなぁ。王女さん、基本的に勉強ばっかりで意外と野草園にも行かないし？」

「……人の努力を暇って言わないでくれるかしら」

「それにさ、いくら殿下が口止めしてきたって言っても、もうバレちゃったし？」

ゲイルがそう言うと、ライラが視線で責めていた。

二人が何を言っているのか、フェリシアだけが理解できていない。

二人の言う殿下とは、間違《まちが》いなくウィリアムのことだろう。そのウィリアムが、魔物に関わらせるなと言ったのか。聖イレーネ祭でお手伝いができるのかと訊いたフェリシアに、ぜひともお願いしたいと返してくれた、彼が？

「ゲイル。君はやっぱり学ばないみたいだね」

そのとき、ライラが通せんぼをしていた扉から、聞き慣れた声が入ってきた。春のひだまりのようなそれは、温かくて、いつもフェリシアを安心させてくれる。

でも今は、その温かさを感じられない。

それは、彼の声自体が冷たさを孕《はら》んでいるからか。それとも、フェリシアの耳に冷たい膜《まく》が張られているからか。

「君はあくまで〝影《かげ》〟に徹《てつ》するよう命じたはずなんだけれどね。フェリシアと話しているし、あげく、なんでフェリシアの寝室にいるんだい？」

「いやあ、仕事を全《まっと》うしようかなって。あはは……」

ウィリアムの静かな怒《いか》りには、この剽軽《ひょうきん》なゲイルも冷や汗《あせ》を流さずにはいられないらしい。

ウィリアムが朝から部屋に来ることはないと思っていたから、あんな調子のいいことが言えたのだろう。

フェリシアとて、ウィリアムの訪問には驚《おどろ》いている。忙《いそが》しい彼が訪ねて来るのは、だいたい夜と決まっていたから。

「まあ、ゲイルはあとでたっぷりと絞《しぼ》るからいいとして……」

ウィリアムの視線がフェリシアを捉《とら》える。

フェリシアは、会えて嬉《うれ》しい気持ちと、裏切られたような思いを混ぜ合わせた、なんとも複雑な顔でウィリアムを見返した。

「おはよう、フェリシア。なんて顔してるんだい」

困ったような微笑《ほほえ》みが、そんなフェリシアを受け止めてくれる。

彼のこの、いつでも甘えていいと言わんばかりの空気が苦手だ。ずっと誰《だれ》にも甘えられずに育ったフェリシアとしては、どう甘えればいいのかわからない。

でも、彼はそれさえ見破っているかのように、いつも両腕《りょううで》を広げて待っていてくれる。甘いときと、意地悪なときと。飴《あめ》と鞭《むち》のように使い分けられるそれに、フェリシアが翻弄《ほんろう》されていることなどお見通しだろうに。

「大丈夫《だいじょうぶ》、君の言いたいことはわかっているよ。君にそんな顔をされたくなかったから口止めしていたのに、全部水の泡《あわ》だね。やっぱりゲイルは社会的に抹殺《まっさつ》しようか」

「それ笑顔で言うことじゃないっすよ殿下」

「ゲイルはどうでもいいですわ。それより殿下、私を関わらせるなって、どういうことですの？　殿下が聖イレーネ祭で仰《おっしゃ》ったことは、嘘《うそ》でしたの？」

二人して酷《ひで》ぇ！　とゲイルがなんだか喚《わめ》いているが、空気を読んだライラが捻《ね》じ伏《ふ》せている。

フェリシアは、やっぱり自分が誰かに甘えることは難しいと思いながら、ついウィリアムを責めてしまった。

それでも彼は、あくまで穏《おだ》やかに。

「嘘じゃないよ。君と共にこの国をより良くしていきたい。だから例の薬については、君の協力を請《こ》うつもりだ。準備ができるまでもう少し待っていて。でも、君を危険に晒《さら》したくないというのも本音なんだ。だってフェリシア、たとえば目の前で誰かが魔物に襲《おそ》われていたら、君はどうする？」

「それはもちろん、助けることを考えますわ」

「その手に例の薬があったら？」

「飲ませます、魔物に」

だろう？　と言いたげな瞳《ひとみ》とぶつかる。

「そういう君だから、まだ私の手の中に閉じ込めておきたいんだよ」

それはつまり、どういう意味だろう。フェリシアは彼の真意を測りかねて、続ける言葉を見失った。

同時に、胸にぽっかりと穴が空いたような気持ちになる。なぜだろう。なんとなく、寂《さび》しい、ような。

「ただ、勘違《かんちが》いはしないで。私は魔物《まもの》に立ち向かっていこうとするのは止めるけれど、あの薬については全面的に協力してほしいと思っている。適材適所だよ、フェリシア。それじゃあだめかい？」

ずるい。そんな言われ方をしたら、フェリシアは何も言えなくなる。

そもそも交渉《こうしよう》慣れした王太子を説《と》き伏せるなんて、無理な話だったのだ。

「……だめじゃないですわ。それはもちろん、協力させていただきます」

「うん、よろしく頼《たの》むよ」

ここで最後のとどめと言わんばかりに、彼お得意の綺麗《きれい》な微笑みをお見舞《みま》いされる。とことん自分の見せ方をわかっている男だ。フェリシアはいつもこんな彼に負けている。

（でも、でもっ。じゃあ殿下の死亡ルートは、どうなるのよ！）

これはフェリシアにしか知り得ないことだ。

けれどフェリシア自身、前世で乙女ゲームをプレイしていなかったため、全《すべ》てを思い出しているわけではない。それは前のときもそうだった。

というより、プレイしていないのだから、思い出せる記憶《きおく》自体がない可能性もある。

（どうすればいいの。魔物が鍵《キー》になってるのは間違いないのに）

他に何かないか。フェリシアは考える。

何か他《ほか》に、彼を危険から遠ざける方法が。

早く例の薬を完成させ、実用化できるようにすることはもちろん、何か、他に。

そうしてぐるぐると脳を高速回転させたフェリシアは、やがて、一つの案を思いつく。

「わかりましたわ！　ではこうしましょう。殿下の手が届く内ならいいのでしょう？　なら、私が殿下から離《はな》れなければいいんだわ。そうすれば思い出したときにすぐ回避《かいひ》もさせられて……我《われ》ながらいい考えね。そうと決まれば――放しませんわよ、ウィリアム殿下」

フェリシアはニヤリと口端《こうたん》を上げた。


「――と、いうわけで。フェリシアがどうしても私から離れたくないって言ってね。今日はもともと休日だったし、急に仕事を入れられたんだからこれくらい許してくれるよね、ゴードン。じゃ、気にせず報告してくれ」

ゴードンと呼ばれた男――シャンゼルの宰相《さいしょう》は、後ろに控《ひか》える自分の補佐《ほさ》官が案じるほどの大口を開け、ウィリアムに後ろから抱《だ》きしめられるように座らされているフェリシアを凝視《ぎょうし》していた。

王太子に与《あた》えられるこの執務《しつむ》室で、こんな珍事《ちんじ》は初めてだったのだろう。厳《いか》めしい岩顔の宰相も、このときばかりは人の子だった。

「いえ、わたくしでしたら、すぐに出ていきますのでっ」

フェリシアは抵抗《ていこう》するが、ウィリアムの拘束《こうそく》がなかなか解けない。

「殿下《でんか》！　いい加減放してくださいませ。さっきのはこういう意味で言ったんじゃありません！」

「じゃあどういう意味だったのかな。気になるところだけど、君が私を『放さない』と言ったのは事実だしね。そこに証人もいる。ねぇ、ゲイル？」

「はいはーい。お呼びですか、殿下」

相変わらずふざけた登場を決めるゲイルは、今度は壁《かべ》の中にいた。いや、中と言うには語弊《ごへい》がある。壁と同じ模様の何かで姿を隠《かく》していたらしい。まるで、前世でいう忍者《にんじゃ》のように。

ゴードンと補佐官、フェリシアの悲鳴が重なった。

「あーあ。今度はうまく隠れられたと思ったんですけどね。なんでバレたんすか」

ゲイルが不服そうに唇《くちびる》を尖《とが》らせる。

「さあ、なんでだろうね。それよりゴードン、あなたは何の報告に来たんだったかな」

ゴードンは気を取り直すと、慇懃《いんぎん》な表情を繕《つくろ》ってから口を開いた。

「はい。まずは、最近増えております魔物の被害《ひがい》についてご報告申し上げます。こちらが殿下ご要望の、魔物が出現した場所と時間帯をまとめた地図です。お急ぎと伺《うかが》っておりましたので、至急用意させました。後ほどご覧ください。殿下が気にされておりました規則性についても、そちらにまとめております。次に予算に関してですが、魔物被害の増加に伴《ともな》い、騎士《きし》団及《およ》び公共事業部の予算が足りないとの報告を受けております。近日中に会議を開く必要があるかと」

「わかった。では明後日《あさって》の定例会をそれに代えよう。調整は頼んだよ」

「かしこまりました。次に先日行われました公会議について、議事録を作成しましたのでこちらもお目通し願います」

　ウィリアムが、提出された書類をぱらりとめくる。

　初めて彼の仕事姿を目《ま》の当たりにしたフェリシアは、あまりの場違い感に早々に逃《に》げ出したくなっている。ここに来るまでも何度か抵抗したが、もっと死に物狂《ものぐる》いで抵抗すればよかったと思うほど、居た堪《たま》れない。

　しかも、ウィリアムがフェリシアを両腕で囲うように書類を確認《かくにん》するものだから、見たくなくても見えてしまう文字の羅列《られつ》。どうしろと。

「へぇ。こんなご丁寧《ていねい》に。公会議なんて名目で、内実はただの喚問《かんもん》だったんだから別に必要なかったのに。作成者はそこにいるあなたの補佐官か。揃《そろ》って教会員とは信仰《しんこう》熱心なことだね」

　不《ふ》可抗力《かこうりょく》で見えてしまった議事録には、第十五回トレマ公会議と題名付けされていた。

（トレマ？　トレマって確か、シャンゼルの王都北側にあるトレマ区のことよね？　あそこであった公会議、ということは……教会本部での会議!?）

　他国出身のフェリシアだが、シャンゼルに来てそれなりに経《た》てば、公会議がどういうものかは知っている。

祖国グランカルストにはない、教会との会議だ。聖職者と国政を担《にな》う者が一堂に会し、専《もっぱ》ら魔物について話し合う場のことらしい。ちなみに、聖女の身元保証を行っているのが教会なのだとか。

しかし、普段《ふだん》の公会議は、教会の支部で行われる。本部で行われる公会議は、公会議という名の、それこそウィリアムの言った喚問のことであり、滅多《めった》に行われるものではない。と、フェリシアは独自に学んでいた。

ウィリアムの婚約《こんやく》者になると決めたからには、シャンゼルについても学ぶ必要がある。そう考えたフェリシアは、ここ最近ずっと図書館に通って勉強していたのだ。

まさかその成果が、こんなところで現れるとは。

（ってちょっと待って。参加者の名前に……アイゼンお兄様!?）

異母兄《いぼけい》は祖国の王である。そんな彼が他国に来てまで公会議に参加するなど、よほどのことだ。

フェリシアは、我知らずウィリアムの服を握《にぎ》りしめていた。

気づいたウィリアムは、その視線がどこに固定されているのかを知って、隠すように素早《すばや》くサインをする。

「これは承認するけど、他の公会議と違って教会に開示する必要はない。で、他には？」

「臨時で見ていただきたいのは次で最後です。どうやら早く終わらせたいようですので、その他急ぎでないものは明日に回しましょう。どうぞ」

　さらりと言われた嫌味《いやみ》をスルーして、ウィリアムは一通の手紙を受け取った。

　その封蠟《ふうろう》印を見て、中身を見る前に彼はわざとらしく息を吐《は》き出す。

「あなたもしつこいね、ゴードン」

「当然です。行ってきてください」

「国を空けたくないのだけど」

「国王陛下がいらっしゃいます」

「まあ、間《ま》違《ちが》ってはないけれどね。でもその陛下の体調が芳《かんば》しくないから、あなたも陛下ではなく、私にこの手紙の招待を受けろと言っているのだろう？　矛盾《むじゅん》していないかい。それとも、どうしても私に招待を受けてほしい、何か他の理由でも？」

「……いいえ。ただ、他国の招待を無《む》闇《やみ》に断るのも、どうかと思っているだけですよ。私は」

「そう」

　間があった。ゴードンが、ウィリアムの質問に答えるまでに。

　そして意味深に細められるウィリアムの瞳《ひとみ》。

　なんとも言えない緊迫《きんぱく》した空気に当てられて、フェリシアは知らず背筋を伸《の》ばしていた。

　ウィリアムも、ゴードンも、互《たが》いに言葉にされなかった裏の部分を読み合っているような。

（これが、政治）

いや、フェリシアが見たものは、その一端《いったん》にも満たないのだろう。

けれど、たったこれだけでも精神を削《けず》られる思いがするのだから、ウィリアムが普段どれだけ大変な地位にいるのかが窺《うかが》い知れるというものだ。

「まあいい。わかった。宰相がそこまで言うのだから、考えておこう」

「承諾《しょうだく》の返事だけお待ちしております。では、本日は以上です。私どもは失礼いたします」

巌《いわお》のような男だった。と、フェリシアは去っていくゴードンの背中を見ながら思う。

顔もそうだけれど、話を聞く分にもそんな印象だ。言ってしまえば、頭の固そうな男である。

それに。

「あの、殿下」

「ん？」

「私、あの方に何かしましたでしょうか？」

「……どうしてだい？」

フェリシアは、自分が今どういう体勢に置かれているかも忘れて、問われるままに答えた。

「私が殿下の仕事の邪魔《じゃま》をしたことはもちろんわかってますわ。ですから睨《にら》まれるのも理解できるんですが……なんだか、それだけじゃないような気がして」

肌《はだ》で感じた。なんとなく、嫌《きら》われているような。

「ふふ。さすがフェリシア。こういうことには聡《さと》いのに、どうして恋愛事《れんあい》になると疎《うと》いのだろうね。そこは恋愛にもぜひ発揮してほしいところなんだけど……」

　ウィリアムがするりと手を重ねてくる。

指と指が絡《から》まって、ドキ、と胸が鳴った。ウィリアムの指は長くて綺麗《きれい》なのに、男性らしく骨張っていて、自分と違う分、余計にドキドキさせられる。

　しかも腰《こし》には、もう片方の腕《うで》が回されている。そのせいで後ろから抱《だ》きしめられるような体勢だった現状を思い出して、鼓動《こどう》がさらに加速した。

　恥《は》ずかしくて死にそうだ。いくら想《おも》いを伝えて、伝えられたとはいえ、いまだにこういうスキンシップは慣れない。

　逃げ出したくて仕方ないのに、こういうときに逃げ出せば後が怖《こわ》いことは、すでに学習済みである。

　小さく唸《うな》ったフェリシアに気づいたのか、ウィリアムがくすりと笑《え》みをこぼした。こぼれた吐《と》息《いき》でそれがわかるくらい、すぐ後ろに彼がいる。

「殿下。そろそろ、あの」

「とりあえず、ゴードンについては気にしなくていい。彼はいつもあんな感じだし、政治に女性は不要と考える石頭でね。人の休日を奪《うば》ったのはあちらなんだから、責められる謂《いわ》れはないよ。君が睨まれた分はきっちり返しておこう」

「いえ、私のことは別にいいですわ。そうじゃなくて……」

「ところでフェリシア」

「は、はい」

ぎゅっと、絡められた手と、腰に回った手が、同時に力強さを増した。

「私のことは、なんて呼ぶんだった？」

ぎくり。肩《かた》が強張《こわば》る。

忘れていたわけではないけれど、ある意味忘れていた。

「ウィ、ウィルです」

「うん、わかっているならいいんだ」

パッと、今度は全《すべ》ての拘束《こうそく》が解かれた。

フェリシアはほっと胸を撫《な》で下ろす。こういうとき、羞恥心《しゅうちしん》を理由に抗《あらが》えば、もっと恥ずかしい目に遭《あ》わされることも学習済みだった。

「さて。何はともあれ、これでやっと行ける。私から誘《さそ》ったのに待たせてごめんね」

お手をどうぞ、と言わんばかりに彼の大きな手が差し出される。

そう、フェリシアは今朝、ウィリアムからあるお誘いを受けていた。むしろ彼はそのお誘いのために仕事を調整し、本日の休暇《きゅうか》を勝ち取り、朝からフェリシアを訪ねて来たらしく。

その内容を聞いたフェリシアとしては、なぜそんなことのために貴重な休みを、と思わなくもなかったが、これは言ってしまえばデートである。

「本当に、あれでよろしいんですのね？」

フェリシアは、差し出された手に、自分の手を重ねて。

「もちろん。私に、君も知らない君を教えて――フェリシア」

二人がやって来たのは、王宮内ではあるものの、本館から離《はな》れた自然豊かな場所だった。

庭園のように人の手が入ったわけではない、森のようなそこを、二人でゆったりと散策する。

「ウィル！　見てくださいこれ、ヨモギですよ。まさか他国の王宮にも普通にあるなんて。ヨモモちゃんは確かに繁殖《はんしょく》力が高いですけど、華々《はなばな》しくはないですし、自生しているものはてっきり抜《ぬ》かれているものだと思っていました」

木々の隙間《すきま》からこぼれる淡《あわ》い光が、フェリシアの許《もと》にふわりと落ちる。

風が奏《かな》でる、葉擦《はず》れの音。陽《ひ》の匂《にお》い。平和だなと、誰《だれ》もが思う風景の中。

「ヨモモちゃんはですね、ハーブの女王と呼ばれるほどなんですよ。身体《からだ》を温める効果がありますし、アレルギーの改善にも役に立つんです。他《ほか》にも鎮痛《ちんつう》作用、老化防止なんかもあって、とっても優秀《ゆうしゅう》な子なんですよ。私は乾燥《かんそう》させて薬にしたり、生のものをチンキ剤《ざい》にして活用したりしますが、お茶としても楽しめるんです」

　たぶん、このときのフェリシアは、興奮していた。久々に植物に触《ふ》れられて。しかもそれを、ウィリアムが許してくれて。

　だから、気づかなかった。

「そうですわ！　せっかくですし、ウィルも飲んでみませんか？　私、心を込めて淹《い》れます、から……？」

　こちらを見つめる彼の眼差《まなざ》しが、あまりにも優《やさ》しいことに。

　ふと顔を上げたときに気づいたそれは、まるで眩《まぶ》しいものでも見るようで。

　既視感《きしかん》を覚えた。

（あれ、なんだろう、この感じ……）

　今、風が通り過ぎるように、頭の中を何かが横切った気がした。あるいは画質の悪い映像が、一瞬《いっしゅん》だけ再生されたような。

　何かが重なる。何かに重なる。

　その、嬉《うれ》しそうに輝《かがや》く紫《むらさき》の瞳が。

「どうしたんだい？　フェリシアが心を込めて淹れてくれるなら、ぜひ飲んでみたいよ」

　ウィリアムの手がゆっくりと伸びてくる。

　ざざ、ざざ。別の途切《とぎ》れた光景が、目の前の現実に重なる。

「まさか君からもう一度そう言ってくれるとは思わなかったから、嬉しいよ。ああ、でも。今回はさすがに土はついてないね。残念」

　言いながら、彼の手がフェリシアの頬《ほほ》をするりと撫でた。

なんだろう。何かが、記憶《きおく》に引っかかる。

「まあ結局、君が楽しそうなら、私はなんだっていいのかもしれないけれど」

　そう言ったウィリアムが、珍《めずら》しく無邪気《むじゃき》に笑った。彼が意図して見せているものではない、素《す》の表情で――。

　今朝、彼に誘われたときのことを思い出す。彼がなぜこんな提案をしてくれたのか、それは今もわからないけれど。

『ねぇ、フェリシア。一緒《いっしょ》に王宮を探検しない？　そういえばここにある植物については、まだ君に教えてもらってなかったからね』

　最初は、変わったお誘いだと思った。

　次に、これは植物好きの自分を気遣《きづか》ってくれたのだと考えた。ただそれにしては、彼が連れ出した場所はフェリシアの予想の斜《なな》め上をいっていたが。

　彼のお誘いを受けたとき、フェリシアは王宮の温室や植物園を想像した。だからまさか、本物の自然の中に連れて来てもらえるとは、思ってもいなかったのだ。

　普通《ふつう》の女性《レディ》なら厭《いと》うだろう。自然の中には虫も多い。フェリシアはもちろん気にしないけれど――なんなら自然を堪能《たんのう》するほうが好きだけれど――彼にそれを伝えたことはない。

それに、不安もあった。フェリシアにとっては言うまでもなく魅力《みりょく》的なデートだが、ウィリアムにとってはどうなのだろうかと。

――その不安さえ、拭《ぬぐ》いとってくれるような微笑《ほほえ》み。直視できなくて、照れを隠《かく》すように俯《うつむ》いた。

「えっと、よくわからないですが、ウィルが飲んでくれるなら、今度ヨモギ茶をお淹れしますね。飲みやすいようにアレンジもしますから」

「うん、楽しみにしているよ。でも一つだけお願いがあるんだ。そのヨモギ茶のヨモギは、せっかくだから君の野草園で採ったものを飲みたいな」

　そこでフェリシアは、わかりやすく固まった。

　野草園。ウィリアムが言うそれは、おそらく元雑草――にしてはやけに薬草の多い――広場のことだろう。侍女《じじょ》たちから嫌《いや》がらせを受けていたとき、フェリシアが嬉々《きき》として食していた植物が生えている場所のことである。

　そしてなんてことはない、そこは、もともとフェリシアのためにウィリアムが用意してくれた場所だった。どうりで役に立つものばかりだと思ったのは、ここ最近の話である。

　しかし、ウィリアムと想いを伝え合った日から、フェリシアは一度もそこを訪《おとず》れていない。

　なぜなら。

「ですがウィル、私は仮にも、王太子《あなた》の婚約《こんやく》者です」

「うん、仮は余計だけど、そうだね」

なぜかウィリアムが上機嫌《じょうきげん》で頷《うなず》く。

「だ、だからですね、やっていいことと、悪いことが、あると思いますの」

「うん、犯罪はだめだね」

「それは人としてだめですわね!?」

思わず突《つ》っ込んでしまった。

違《ちが》う。そうじゃない。そういうことが、言いたいんじゃなくて。

「いくら王女らしくない私でも、土いじりをする王太子妃《ひ》なんて、受け入れてもらえないと理解しているんです。ですから、せっかく頂いたのですが……」

ごめんなさい、と謝ろうとしたとき、

「あーもう、なんだいそれ。抱《だ》きしめてもいい？」

「なんでですの!?」

急に脈絡《みゃくらく》のないことを言われた。

「えっと、ウィル？　私の話、聞いてました？」

「もちろん聞いていたよ。私がフェリシアの話を聞き逃《のが》すと思ってるの？　解釈《かいしゃく》だって間違えてないと思う。その上でもう一度言うけれど、抱きしめてもいい？」

「絶対聞いてませんわよね!?　なんで野草園の話から、だ、抱きしめっ、る、話になるんですの！」

「簡単な話だよ。君がかわいいことばかり言うから」

「かわっ⁉」

ボンッと一瞬にして身体の熱が上がる。

たまにウィリアムの考えていることがわからないときがあるけれど、またそれが始まった。

「それに、私は嬉しいんだ。君の口から〝王太子妃〟という言葉が出てきて、正直舞《ま》い上がってる。君自身が私のものだということを自覚してくれている証拠《しょうこ》だよ？　舞い上がらないわけがない。以前なら考えられない進歩だ。私から逃《に》げるばかりだった君が、ちゃんと私を受け入れて、しかも認められるように頑張《がんば》ってまでくれてるなんて……。本当にかわいい。努力家なのは知っていたけど、ここまでとは予想外だった。ね、だから抱きしめていい？」

「だからの意味がわかりません！　なんか色々とおかしいですわよっ」

「ふふ。照れなくていいから、ほら、おいで？」

そう言って両手を広げられるけれど、無理な相談である。そこまで素直になるには、もう少し時間が必要だ。

けれど、フェリシアはフェリシアなりに考えての行動だったことに、間違いはない。

ウィリアムがサラではなく、自分を選んでくれたから。

だから、彼に恥《はじ》をかかせないように。サラみたいに周囲からも認めてもらえるように。

フェリシアは、努力したかったのだ。

こんな自分を好きだと言ってくれる、彼のために。

「いいよ。フェリシアが来ないなら、私が行こう」

ウィリアムが小枝を踏《ふ》む。パキ、と小さく鳴った音に、必要以上に身体《からだ》がびくついた。

婚約破棄《はき》を目標にしていたあの頃《ころ》には、周囲に何を思われても平気だった。

でも今は、ウィリアムを——好きな人の隣《となり》にいられる権利を失ってしまうのが怖《こわ》くて、周囲のことを気にしてしまう。

まさか自分がこんなことに悩《なや》む日が来るなんて、フェリシアは夢にも思っていなかった。

「偉《えら》い。逃げなかったね、フェリシア」

優しい温《ぬく》もりが全身を包む。

逃げようと思えば逃げられた。でも逃げないと決めたのはフェリシアで、逃げたくないと思ったのもフェリシアだ。

ふわりと香《かお》る、彼の匂《にお》い。シトラスのような爽《さわ》やかさの中に、甘くほろ苦い香りが漂《ただよ》う。思わず身を寄せたくなるような、男性的な香り。

これが彼の香り《パルファム》だと覚えさせられたのも、まだ最近のことである。

「ねぇフェリシア。私は別に、構わないんだよ？　むしろ生き生きと植物について語る君に惹《ひ》かれたのが最初だったんだから、全く気にしない」

「え？　それって……」

「それにね、フェリシア」

　ぐっと、さらに強く抱き寄せられて。

　一瞬《いっしゅん》浮かんだ疑問が、霧散《むさん》する。

「私はとても心外だ。私が、愛する女性に我慢《がまん》を強《し》いるような男だと？　そう思われていたなら、やはり酷《ひど》い話だ。周囲の声なら気にしなくていい。やりようはいくらでもある。それら全《すべ》てを含《ふく》めて問題ないと判断したから、あれを君に贈《おく》ったんだ。使ってもらわないと、逆に困るんだけどな」

「でもっ」

「フェリシア」

　有無《うむ》を言わせない、そんな声音《こわね》。

　どこか抗《あらが》えないそれに、嫌になるくらい、彼の王としての素質を見る。

「……甘いです、ウィルは」

「フェリシアだけにね。そうしないと君が離《はな》れていくって、私も学んだから」

　ウィリアムの苦笑《くしょう》する気配を頭上に感じる。想《おも》いが通じ合ってから、彼はよくフェリシアを抱きしめたがるようになった。

　油断すると逃げられそうだから、とは彼の言葉だ。あながち間違いではないその予感に、フエリシアは動揺《どうよう》を隠すのに精一杯《せいいっぱい》だった。

といっても、彼の心配している〝逃げ〞と、フェリシアの思う〝逃げ〞は別物だけれど。

フェリシアが逃げ出したいのは、この甘い責め苦からだ。

これに慣らされてしまったら、それこそ自分が世界の中心だと勘違《かんちが》いした悪役にでもなってしまいそうだ。

「はぁ、困ったな」

ウィリアムがぽつりと呟《つぶや》く。何が困ったのかと、訊《たず》ねるようにフェリシアは身を捩《よじ》った。

「あの作戦は中止にしようか。もうこのまま君とここで過ごしていたい気分になってきた」

「え？　作戦？」

急に何を言い出すのか。意味がわからなくて、フェリシアはさらに身を捩る。だんだん嫌な予感が胸の中に渦巻《うずま》いてきた。

ウィリアムは優《やさ》しい。そして甘い。

けれど、たまに突拍子《とっぴょうし》もないことに巻き込んでくる。その意図がわからず翻弄《ほんろう》されることもあれば、意図がわかっても翻弄されることがある。

つまり、面倒《めんどう》くさい。

「ウィル、今度はなんですか。何を企《たくら》んでますのっ？」

せっかくの雰囲気《ふんいき》も台無しに、フェリシアはウィリアムの背中を遠慮《えんりょ》なく叩《たた》いた。まずはこの甘い拘束《こうそく》から抜《ぬ》け出さなければ。

「人聞きが悪いね。企んでなんてないよ。今回の発端《ほったん》は義兄《あに》上《うえ》だ。君も見ただろう？　トレマ公会議の議事録にあった参加者名」

　言いながら、観念したのか、ウィリアムが腕《うで》を解《ほど》く。

「見ましたわ。気になってましたの。なんでお兄様が公会議に？」

「私が呼んでね。少し気にしておいてほしいことがあったから。一応君に会うかとは訊《き》いたんだけど、断られてしまった」

　それもそうだろう。むしろ最後、喧嘩《けんか》別《わか》れのようになってしまった異母兄《あに》とは、フェリシアのほうだって会いづらい。

　ただ……。

「ごめんね。フェリシアは、会いたかったでしょう？」

「え」

「そんな気がしたんだけれど、違った？」

　違わない。本当は、もう一度だけ、会っておきたかった。

　ほんの少しだけど、喧嘩別れになったことを気にしていたから。

（だってお兄様、わかりづらいんですもの）

　フェリシアに毒を盛った異母姉《あね》と違い、たくさん啀《いが》み合ってきた仲ではあるものの、兄は兄なりにフェリシアのことを考えてくれていたことを知った。魔物《まもの》からも守ってくれた。
そのお礼くらいは、しておきたかったから。

「時期が来たらまた呼んであげる。彼を呼び出す方法なら、心得ているからね」

さらりと言ってのけるウィリアムを、フェリシアは唖然《あぜん》と見上げた。

一応あんなのでも、一国の王だ。しかもプライドの高いアイゼンである。そう簡単に呼び出されてくれるとは思えないのだが。

「でも今は待って。そう頻繁《ひんぱん》には応《こた》えてもらえないのもあるけれど、今度は私が喧嘩を売られてね。今はその喧嘩を買っている最中なんだ」

「え」

もうさっきから「え」しか言えていないフェリシアである。何が何やら。混乱している。

「まあ発端が義兄上でも、私自身どうしようかとは思っていたから。ちょうどいい機会だった」

「だから何がですの。前言撤回《てっかい》しますわ。ウィルは確かに私に甘いですけど、こういうときは甘くないです。大変な目に遭《あ》った記憶《きおく》しかありませんわ」

「たとえば、頼《たよ》ってもらうために嫌《いや》がらせを放置したり？」

「それは正直大変でもなかったですけど、問題はそのあとです！　ゲイルが言ったキョウチクトウにときめいたからって、あのあと、散々……！」

散々甘い時間を与《あた》えられて、羞恥《しゅうち》で胸が苦しくなって、本気で呼吸困難で死ぬかと思ったのだ。今だってそのときのことを思い出すと、息切れを起こしそうになる。

だというのに、元凶《げんきょう》の本人は悪びれる様子もない。

「仕方ないよ。フェリシアが浮気《うわき》するから。また同じことがあったら、あの日よりたっぷり甘やかしてあげようか」

「結構ですわ！」

次は絶対に心臓が破裂《はれつ》する。そんな変な自信があった。

「それは残念。なら、浮気はしないようにね。蛇《じゃ》の道は蛇《へび》というからやむなくゲイルも護衛に置いたけれど、あまり気を許さないように。それと――おまえにも自制してほしいのだけどね？　ゲイル」

ウィリアムが視線を横に流す。その先に、突如《とつじょ》ゲイルが現れた。

「朝のことは忘れてないよ。あとで覚悟《かくご》しておくように」

「えー、勘弁《かんべん》してくださいよ、殿下《でんか》。王女さんは貴重な趣味《しゅみ》仲間なんですから」

いつのまに来たのか。ゲイルは当然のようにそこに立っている。全く気づかなかった。むしろウィリアムはなぜ気づけるのか。

「うわぁ。王女さん、マジで顔真っ赤。狙《ねら》ってやってる殿下えげつな……」

「誰《だれ》も見ていいなんて言ってないけど？」

ウィリアムが浮《う》かべた恐怖《きょうふ》を植え付ける笑顔《えがお》に、ゲイルがすかさず一歩下がった。

「ところでゲイル、出てきたってことは」

「あ、はい。準備できましたよーって知らせに。でも本当にやるんすか？　今度こそ王女さんに嫌《きら》われても知らないっすよ、俺」

「代わりにおまえが嫌われてくれればいいよ。それで、第一部隊の指揮はフレデリクに執《と》らせてるね？」

「そういう指示だったんで……ってあれ、俺今何気に酷いこと言われませんでした？」

「ライラは？」

「ここに」

ゲイルを華麗《かれい》に無視して、ウィリアムはライラがいることも確かめると「揃《そろ》ったな」と独りごちた。

相変わらず状況《じょうきょう》が摑《つか》めていないのは、フェリシアだけのようだ。

「さて、フェリシア。突然《とつぜん》で申し訳ないけれど、実はこのあと、ここ最近鬱憤《うっぷん》を溜《た》めている近《この》衛《え》騎士《きし》団第一部隊に、息抜《いきぬ》きをさせてあげないといけなくてね？」

「は、はぁ」

急に何、と思わず身構えてしまう。

しかしウィリアムは、それを気にして止まってくれるような男ではない。

「結論から言うと、私と君を狙って彼らが追いかけてくるんだ。そして見事私たちを捕《と》らえられたら、褒美《ほうび》を出す約束をした」

「えぇ？」

意味がわからない。何がどうしてそうなるのだ。近衛が追いかけてくる？　それも、自分とウィリアムを狙って？　なぜ。

そもそも近衛騎士団第一部隊とは、国王の護衛任務を任されている組織のはずだ。

その疑問が伝わったのか、ウィリアムが続ける。

「実はね、最近陛下があまり外に出なくなった影響《えいきょう》で、彼らが暇《ひま》を持て余《あま》していてね。退屈《たいくつ》は人を殺すとは、よく言ったものだ。暇すぎて逆に鬱憤が溜まってしまったのか、最近近衛の風紀が乱れていてね。問題が起きる前に手を打たなければならない。そこで、適度に体力を使って、かつ役にも立つ模擬《もぎ》訓練をすることにしてね」

「ですが、それでなんで、私たちを……？」

「それに関しては、別の目的があるからかな。一種の再現をしたくて。ちなみに私たちが逃《に》げ果《おお》せたら、ゲイルには有毒のマンチニールの実、ライラには特別手当を用意することになってるんだけど……フェリシアには、キョウチクトウがいいかな？」

キ　ョ　ウ　チ　ク　ト　ウ。

それは、結局ゲイルからもらえなかった、猛毒《もうどく》の低木のことだろうか。しかも打撲《だぼく》に効く薬にもなるという、あの魅惑《みわく》的な植物のことだろうか。

それが、今度こそ手に入るかもしれない……？　本当に？

「そ、そういうことでしたら仕方ありませんわね。お任せください殿下。必ずや共に逃げ切り、キョウチ――じゃない、勝利を摑み取ってみせますわ！」

すると、やる気を漲《みなぎ》らせたフェリシアの許《もと》に、ライラがすっと寄ってきて。

「このライラ、微力《びりょく》ながらそのお手伝いをさせていただきます」

そう言う彼女の瞳《ひとみ》は、フェリシアと同じくらい興奮で輝《かがや》いている。

「ええ、ぜひともお願いするわ。一緒《いっしょ》に夢を摑み取りましょう、ライラ！」

ご褒美がもらえるなら、ウィリアムが何を画策しているかなんて、この際二の次だと思うことにしたフェリシアである。

だから。

「ねぇ殿下。扱《あつか》いやすい単純って、正義っすよねぇ」

「同じく有毒植物に釣《つ》られたおまえには言われたくないだろうけどね」

ウィリアムとゲイルがそんな会話をしていたなんて、フェリシアは知る由《よし》もなく。

「ちなみに、何でしたっけ。過去を思い出してもらうため？　だけにこんなことを、本気で？」

「さて、どうだろうね？」

ウィリアムが悪い顔をしていたなんて、なおさら知るはずもなかったのだ。

「狙いどおり標的が地点Bに入ったとの情報あり。どうしますか、アーデン隊長」

「突撃《とつげき》はまだだ。あの方のことだから、こちらの動きなど読んで逆に罠《わな》を張っているに違《ちが》いない。第一と第二小隊はそのまま待機、第三小隊は気づかれぬよう尾行《びこう》を続けろ。第四小隊は予定どおり標的をクリスタル宮に追い込め」

「はっ」


太陽が頂点に近づく頃《ころ》。王太子によって始められたのは、近衛騎士を使った盛大な鬼《おに》ごっこである。

国王御座《おわ》す木館から離《はな》れた、現在は誰も使っていない宮の周辺。騎士たちに与えられたルールは、建物を壊《こわ》すことなく、かつ標的を無傷で捕らえること。

時間は、正午の鐘《かね》が鳴るまで。

「あの、フレデリク？　まさか本気でウィリアム殿下やフェリシアさんを、捕《つか》まえる気じゃないよね？」

フレデリクは現在、聖女サラの護衛任務を担《にな》っている。そのため基本的にはサラと共にいる。

敬愛する彼女を守ることができ、共にいられる今の仕事を、フレデリクは何よりも誇《ほこ》りに思っていた。

その平穏《へいおん》を守るためなら、彼はどんなことだってできてしまう。たとえばそう、ふざけた賭《か》けを持ち出してきた王太子を、追い詰《つ》めて捕まえることだって。

「ご心配には及《およ》びません、サラ様。必ずや殿下を捕らえ、あなた様の護衛から外すなどという馬鹿馬鹿《ばかばか》しいことを二度と言わないよう、殿下にはきっちりと約束していただきますから」

フレデリクがメラメラと全身を滾《たぎ》らせる。彼が怒《おこ》っているのは誰の目にも明らかだ。

だからこそ、サラは思った。

(絶対それ、殿下のただの挑発《ちょうはつ》だよね？　だって殿下、私を見て悪戯《いたずら》っ子みたいに笑ったし。うーん、でも、言わないほうがいいのかなぁ？)

しー、と。

口元に人差し指を当てて、「大丈夫《だいじょうぶ》」とサラに口パクで伝えてきたウィリアムが、頭の中に思い出される。

彼が何を考えているのかはわからない。けれど、とても楽しそうだった。

(うん、やっぱり黙《だま》ってよ。殿下には王宮《ここ》にいたいって我儘《わがまま》も聞いてもらってるし、それにそのほうが、頑張《がんば》ってるフレデリクをいっぱい見れるもんね)

ふふ、とフレデリクの横顔を見つめるサラの瞳は、恋《こい》する乙女《おとめ》のそれだった。

一方、ウィリアムたちはというと。

フレデリクの指揮下で動く近衛騎士たちによって、散々追いかけ回された末、逃げた先の茂《しげ》みに隠《かく》れているところだった。

「おーおー。さっすが近衛ですねぇ。うまく気配を消してる。じわじわと追い詰めてくる感じが嫌《いや》っすね～。これもあの聖女さんの護衛騎士の指示っすか？　やりますね」

「当然だ。脳筋のフレデリクに戦い方を仕込んだのは私だよ？　敵を弄《もてあそ》ぶようにじわじわと追い詰め、しかし退路を一つだけ残してあげて逃げ切れたという希望を持たせたあと、それを一気に叩《たた》き折れと教えたのは私だ。敵に戦意を喪失《そうしつ》させたほうが、色々とやりやすいからね。彼の真面目《まじめ》な性格なら、忠実に再現するんじゃないかな」

「うわー、こっちもさすがっていうか敵になんてこと教えてんですか殿下《でんか》」

フェリシアもゲイルに深く同意する。ただでさえ剣《けん》の腕《うで》が突出《とっしゅつ》している人間に、なんてことを仕込んでくれているのだろう。

（おかげで今追い詰められてるのは私たちですけどね！）

と、フェリシアが声に出したくても出せないのは、走りすぎて息を切らしているからだ。

「でもじゃあ、殿下の言うとおりならこれ、誘導《ゆうどう》されてるってことっすよねぇ？」

「そうだね。このまま行けば、おそらくクリスタル宮に誘《さそ》い込まれるんじゃないかな。フレデリクにしては良《い》い所を選んだ。あそこは現在使われていない宮の一つで、出入口は正門のみ。

敷地《しきち》内に入れば待ち構えた第一か第二……あるいはその両小隊がいるだろうね。彼らは荒事《あらごと》専門だし、何よりまだ姿を見ていない。そして隠密《おんみつ》に優《すぐ》れ、尾行させているだろう第三小隊で出入口を塞《ふさ》ぎ、最後は挟《はさ》み撃《う》ちだ。そのためにはいかに私たちを誘導できるかが肝《きも》になってくるけれど、先ほどからうまい具合に私たちを追い詰めている。顔ぶれ的に第四小隊だね。あそこには小細工に長《た》けた者が何人かいたから、彼らが良い仕事をしているんだろう。……うん、ちゃんと各小隊の特徴《とくちょう》も把握《はあく》済みか」

そう言ったウィリアムを、三対《つい》の胡乱《うろん》げな瞳が見つめていた。皆《みな》言いたいことは一つである。

「殿下……ほんと何してくれてんすか、あんた」

「鬼畜《きちく》もすぎますわ」

「マゾ」

最後のライラの言葉には、フェリシアもぎょっとしたけれど。

言いたくなる気持ちは大いにわかる。自分が授《さず》けた力で追い詰められるのを喜ぶなんて、まさしくマゾの仕業《しわざ》である。

「人聞きが悪い。特にライラ。私は仔犬《こいぬ》の成長を喜んでいるだけだよ。昔のフレデリクなんて、とにかく突進すればなんとかなるとしか思わない、ただの猛犬《もうけん》だったからね。一騎士《きし》ならそれでも構わないが、アレにそのままでいられるのは困るんだ」

それからウィリアムは、さて、と逡巡《しゅんじゅん》するように顎《あご》に手を当てて。

「でもこのままだと、私の目的が達成されない。それもまた困る。あと、少しは成長したとはいえ、絵に描《か》いたような作戦も気に食わない。どうしようかな」

ウィリアムがぶつぶつとひとり言を始めた。

どうしようかな、なんて言うわりには、彼は困った顔なんてしていない。

そのときなんとなく逃《に》げ出したい気持ちに駆《か》られたのは、ライラとゲイルだ。彼らの本能が、嫌な確信を運んでくる。

思ったとおり。

「仕方ないから、出番だよ、二人とも」

トン、とまずはゲイルが背中を押された。もちろんウィリアムにだ。

刹那《せつな》、周囲の空気が動き出す。姿を現したゲイルを囲まんと、数人の騎士が躍《おど》り出てきた。

「っだぁーっ！　やっぱりかよ！　こんの人でなしめ、覚えてろよぉぉお‼」

ゲイルが逃げる。その背中を騎士が追う。

ウィリアムの視線が、今度はライラに移動――する前に、何かを悟《さと》ったライラは、自ら一歩踏《ふ》み出し、駆け出した。

あっという間に置いていかれたフェリシアは、ウィリアムに手を摑《つか》まれる。

「さあ、私たちも行くよ、フェリシア」

「ちょ、殿下っ⁉」

どうやら騎士はまだ残っていたらしい。二人の後を追ってくる気配がある。

フェリシアはひたすら足を動かした。手を引かれるまま。呼吸を乱しながら。

――お待ちください、殿下方！

誰《だれ》かが叫《さけ》んだ。

反射的に顔だけ振《ふ》り返るも、後ろの騎士に叫んだ様子はない。フェリシアたちを窺《うかが》うように追走しているだけである。

（？　でも今、確かに聞こえたような気がしたのに）

ただ、久々の鬼ごっこは、意外にもフェリシアの気持ちを少しだけ高揚《こうよう》させた。

懐《なつ》かしい、と自然に思う。

前世の幼い頃。近所の子どもたちと一緒《いっしょ》に、妹も交えて公園で遊んだ記憶《きおく》がある。

縄跳《なわと》び、滑《すべ》り台、砂のお城。そしてよくやったのが、鬼ごっこ。

手を引く妹は、いつも無邪気《むじゃき》についてきて。

（あれ。でもいつだったか、すごく不安そうにしてたときがあったような……）

なんだろう。今、何かが頭の中を過《よ》ぎった。

無邪気に笑う妹。前世の記憶。でもそこに、別の光景が重なったような。

そもそもとして、前世の妹が不安そうに姉を見つめたことなんて、ましてやそんな妹を自分が慰《なぐさ》めながら手を引いたことなんて、あっただろうか。ない気がする。

（何かしら……なんかこう、すっきりしない、この感じ）

まるで一昨日《おととい》の献立《こんだて》を思い出そうとして、なかなか思い出せないときみたいに。

そのときの十倍は、胸がモヤモヤする。

「しまったな。これじゃあ、昔とは逆か」

ふいに、前を走るウィリアムが言った。

彼は視線だけでフェリシアを振り返ると、仕方ないと呟《つぶや》いて。

「ねぇ、フェリシア。少しだけ、私の悪戯に付き合ってくれるかい？」

お決まりとなりつつある、突拍子《とっぴょうし》もないことを提案してきた。


「だっ」「がっ⁉」「「ぎゃぁああっ」」

群青《ぐんじょう》色の空の下、騎士たちの叫喚《きょうかん》が響《ひび》き渡《わた》った。それを目《ま》の当たりにしたフェリシアは、大丈夫かと心を痛める――ことはなく。

むしろ仕掛《しか》けた罠《わな》の有用性に、ガッツポーズを決めていた。

（ここの王宮も案外捨てたものじゃないわね！）

祖国よりも緑が多い。おかげで、罠が仕掛け放題だ。

吊《つ》り上げ、ハネ罠、引っかけ罠。最後の幾重《いくえ》もの悲鳴は、まさにツタを使って騎士たちを派手に転ばせた成果である。

「ふふふ。昔これでお兄様の騎士たちを追い払《はら》っていたんですけど、皆様《みなさま》にも効いてくれてよかったですわ」

言っていることは酷《ひど》いのに、初めて間近にする異国の姫《ひめ》の美貌《びぼう》に、騎士たちは揃《そろ》って惚《ほう》けていた。なぜなら今のフェリシアは、悪戯《いたずら》の成功に頬《ほほ》を紅潮させている。そんな食べ頃《ごろ》の桃《もも》のような表情は、ウィリアムでさえなかなか見られない貴重なものだ。

罠にかかり、呆《あき》れるくらい見事に木に吊るされた騎士を一瞥《いちべつ》しながら、そのウィリアムは。

「おめでとう。君たち全員、しばらく王立騎士団と共に訓練だ」

にっこりと、非情なことを宣《のたま》った。王立騎士団は近衛《このえ》騎士団より訓練が容赦《ようしゃ》ないことで有名である。

騎士たちの文句を爽《さわ》やかに無視したウィリアムは、フェリシアを次へと促《うなが》した。

「さあフェリシア、先を急ごうか。そろそろ状況《じょうきょう》を聞きつけたフレデリクが、第三小隊を――」

そのとき、新たに現れた別の騎士が、ウィリアムの背後に迫《せま》る。

それをいち早く認めたフェリシアは、考えるより先にウィリアムの手を摑んでいた。

「ウィル、逃げますわよ！」

力いっぱい引っ張って、こっち、と走り出す。

繋《つな》がった手を凝視《ぎょうし》したウィリアムは、思い出し笑いをするように小さく吹《ふ》き出した。

「懐かしいね、フェリシア」

そう言って、ぎゅっと手を握《にぎ》り返してくる。

「これでもまだ、思い出さない？」

フェリシアは少しだけウィリアムを振り返った。何を？　と訊《たず》ねるように。

迫ってくる敵のせいで、悠長《ゆうちょう》に止まることは叶《かな》わない。行く先々で出現する騎士を回避《かいひ》しながら、フェリシアたちは逃げ続けていた。

「『ねぇ、どこに行くの？』」

ふいに、ウィリアムが言う。

そんなのこっちのほうが訊《き》きたいと思ったのは、一瞬《いっしゅん》のことである。ウィリアムが切実な瞳《ひとみ》で見つめてくるから、たぶん、そういうことではないのだろうと察してしまった。

木の根に躓《つまず》く。動揺《どうよう》が足に伝わったせいか、危《あや》うく転びそうになったところを彼が後ろから抱《だ》きとめてくれた。

「あの、ウィル？」

息が乱れる。心臓が暴れる。

けれど、走ったせいだけではない音が、わずかに紛《まぎ》れ込んでいる。

「『ぼくのわがままで、君まで怒《おこ》られる必要はないんだよ』」

フェリシアは目を瞠《みは》った。

脈絡《みゃくらく》のない言葉に驚《おどろ》いて、ではなくて。

そう言った彼の、どこか見覚えのある不安げな表情に。

（妹じゃ、ない？）

いつだったか、自分が手を引いていたのは、やはり前世の妹ではなかったような気がした。

こんなふうに、そう、心配するように、自分を見つめてくる誰か。

父でさえ、心配なんてしてくれなかった。

いや、父はいつも心配していた。

母は心配性《しょう》で。

違《ちが》う、母は豪胆《ごうたん》な人で。

（えぇ？　何これ。何がなんだか……っ）

記憶が巡《めぐ》る。ごちゃ混ぜになる。どれが前世で、どれが今世か。目が回る。

「……いや、やっぱりなんでもない。行こうか。そろそろ時間だ」

フェリシアの戸惑《とまど》いを見てとったウィリアムが、小さく首を横に振った。

そこにはもう、あの重なる面影《おもかげ》はない。あるのは苦笑《くしょう》。落胆。諦《あきら》めにも似た。

フェリシアはわかってしまった。彼が、自分に何かを求めていたことを。そしておそらく、自分がその期待に応《こた》えられなかったことを。

やがて逃《に》げ着いたのは、件《くだん》のクリスタル宮だった。

フェリシアがそうと気づけたのは、ひとえに勉強の成果である。クリスタル宮と銘《めい》打《う》っているだけあり、ガラス張りの宮が出迎《でむか》える。使われていないとはいえ、そこに曇《くも》りはなく、しっかりと管理されているのがひと目でわかる建物だった。

しかし、フェリシアの心は、その澄《す》み具合とは対照的だ。

前もってフレデリクの思惑《おもわく》を聞いていたというのに、間抜《まぬ》けにもその場所に入ってしまった自分に嫌気《いやけ》が差す。

——誘導《ゆうどう》された。

気づいたときには、ウィリアムの読みどおり待ち構えていた第一と第二小隊に囲まれていた。唯一《ゆいいつ》の出入口には、フェリシアたちを追ってきた別の小隊がいる。

「俺の勝ちです、ウィリアム殿下《でんか》」

囲む騎士《きし》たちの中から、フレデリクが一歩前に出てきた。

基本的に怒らないキャラであるはずの彼だが、今は誰にもわかるくらい纏《まと》う雰囲気《ふんいき》が怖《こわ》い。

これは、間違いなく。

（ウィルが何かしたわね。サラ様関連で）

自己嫌悪《けんお》も忘れて、つい横にいるウィリアムを半目で見上げてしまった。

しかし当のウィリアムは、いつものように爽やかな微笑《ほほえ》みで武装している。

（って、悠長に構えてる場合じゃなかったわ！　このままじゃ私のキョウチクトウが……！）

「ウィル、まだ諦めないでくださいね。こうなったら一か八か、突撃《とつげき》を……」

「大丈夫《だいじょうぶ》。問題ないよ、フェリシア。なぜなら初めから、囮《おとり》は私たちのほうだったからね」

　ちょうどそのときだった。後方から鈍《にぶ》い悲鳴が上がり、金属のぶつかり合う音が空気を介《かい》して伝わってきた。

　フレデリクも気づいたらしい。

「なんだ？　何があった」

「大変です隊長っ。いつのまにか、俺たちのほうが囲まれてます！」

　その報告どおり、悲鳴に交じって聞こえたのは、目の前の彼らとはまた別の、複数の足音で。

「げっ、なんでここに殿下の鉄仮面が!?　逃げたんじゃなかったのかよ！」

　クリスタル宮の奥の方から現れた騎士たちの先頭に、途中《とちゅう》で分かれたはずのライラがいる。

　そしてその反対側——出入口の方から現れた騎士たちの先頭には、ゲイルが立っている。

　二人が連れてきた騎士たちは、フェリシアもよく知る、近衛騎士団第二部隊。

「なんだよこれ……なんで第二部隊の奴《やつ》らが全員揃ってるんだ!?」

　それは、王太子とその婚約《こんやく》者専属の護衛部隊。

　フェリシアはウィリアムと眼前の光景を交互《こうご》に見やると、説明を求めて彼の袖《そで》を引っ張った。

　ゆっくりと、その彼の口元が弧《こ》を描《えが》く。

「ウィリアム殿下、これはいったい……」

「私は言ったよ？　いい機会だし、最近腑《ふぬ》抜け気味の近衛騎士を使って、模擬訓練《おにごっこ》でもしようかって。近衛は第一部隊だけじゃない。王族の分だけ部隊はある。残念だよ、フレデリク。だからおまえはまだまだなんだ。でもまあ、実戦の前に思い知れて、良かったね？」

最後の言葉が合図となったように、第二部隊が一斉《いっせい》に突撃を開始する。

結局、この茶番なんだか息抜きなんだかわからない傍迷惑《はためいわく》な鬼《おに》ごっこは、時間の鐘《かね》が鳴る前にウィリアム側の勝利で終了《しゅうりょう》した。

後から聞いた話によると、ライラとゲイルは仲間を連れてクリスタル宮に先回りするよう、途中で命令されていたのだとか。だから敵に怪《あや》しまれずに別行動をするため、まるで自分たちが囮のように装《よそお》ったらしい。

敵を欺《あざむ》くには、まず味方から。

そんな言葉が頭を過《よ》ぎったからか、キョウチクトウをもらえるという喜びは、意外なほど湧《わ》いてこなかったフェリシアである。

ちなみにこの日から、騎士棟《きしとう》の訓練場では阿鼻叫喚《あびきょうかん》がしばらく続いたとか。そこにフレデリクも交ざっていたとは、たびたびお茶会をするサラからの情報である。

そして、阿鼻叫喚に元気がなくなり始めた頃《ころ》。

フェリシアの許《もと》に、一つの悲報がもたらされた。

第二章 ✤ 従兄がやって来ました

フェリシアが魔物《まもの》に飲ませ、その瘴気《しょうき》を浄化《じょうか》した薬は、ずっと専門家による調査が行われていた。そもそもの起点として、材料となる薬草がシャンゼルにあるのかを突《つ》き止めるために。

さらに、そのうちのフェリシアも正体を知らない薬草が何なのかを、突き止めるために。

一つだけ名前すら判明していないそれは、フェリシアが人からもらっていたものだった。

「残念ながら、その正体不明の薬草については、解明まで至らなかったらしい」

「そうですか……」

場所はウィリアムの執務《しつむ》室。二度目のそこは、前回来た時よりも机の上に書類が積まれている。その中の一枚に視線を落としながら報告された内容に、フェリシアは落胆を隠《かく》せなかった。

ウィリアムが「正体不明の薬草」と仮に名付けたそれは、フェリシアが育てていたものではないため、フェリシア自身も詳細《しょうさい》を知らないのだ。

本当は何度か自分で調べてみたこともあったけれど、ついぞ見当もつかなかった。

（贈《おく》ってくれた本人も、毎回名前を忘れてくるのよね……）

『え〜と、なんだっけ。頑張《がんば》って覚えようとしたんだけど……。リト……クラ、じゃないリラ？　でもなくて……うう〜っ』

それはよほど長い名前らしく、結局フェリシアも、毎回無理に訊《き》き出そうとはしなかった。

『大丈夫よ、テオ。名前がわからなくても、使い方はなんとなくわかってきたから』

彼はフェリシアの従兄だ。誰《だれ》にでも分け隔《へだ》てなく接する、優《やさ》しい人だった。

だからか、彼は城内で遠巻きにされているフェリシアにも、その優しさを発揮してたまに遊びに来てくれた。

また彼自身も植物を観賞するのが好きらしく、よく二人で植物の話をしたものだ。

『テオが持ってきてくれたこれね、とってもすごいのよ。まるでカメレオンみたいにどんな薬に混ぜても馴染《なじ》んで、その効能を上げてくれるの！』

『へぇ、そうなんだ。フェリシアが喜んでくれたなら、持ってきたかいがあったよ』

『テオが持ってきてくれる植物《もの》はどれも面白《おもしろ》いから、私、好きよ』

『えっ、す、好き!?　僕も……僕も好きだよ！』

『ふふ。もちろん知ってるわ。じゃないと植物《こんな》の話になんて付き合ってくれないものね』

『あれ、なんか噛《か》み合ってないような……まあいっか！　えへへ』

その従兄も、ある時期を境に遊びに来てくれなくなったから、フェリシアは彼が今どこで何をしているのか全く知らない。外交官の父親と一緒に国を空けることが多いと言っていたから、そもそも国内にいるのかさえわからなかった。

だから「正体不明の薬草」について訊きたくても、今のフェリシアは彼に確実に届く手紙すら送れないのである。

「まあでも、他《ほか》の薬草についてはシャンゼルにもあると報告を受けたからね。何から何までゼロのスタートじゃない。そこで、だ。フェリシアにお願いがあるのだけど」

ウィリアムにそう言われて、フェリシアは自然と居住まいを正していた。

「随分《ずいぶん》と待たせてしまったけれど、今日から君には一つのチームに参加してもらいたい」

「チーム？」

いったい何の、なんて単純な質問はしない。この話の流れからして、答えは一つだ。

期待に瞳《ひとみ》を輝《かがや》かせたのがバレたのか、ウィリアムに苦笑《くしょう》された。

「本当にお待ちかねだったようだね。そう、ご期待のとおり、例の薬の詳《くわ》しい研究を行うチームに、だよ」

フェリシアはスカートの裾《すそ》をぎゅっと握《にぎ》った。やっとだ。やっと、待ち望んだ役目が来た。

これでウィリアムの役に立てると思うと、気持ちが逸《はや》る。

不純な動機だけれど、覚悟《かくご》は本物だ。だってこの日のために、フェリシアは足繁《あししげ》く図書館に通っていたのだから。

「ありがとうございます。精一杯頑張《せいいっぱいがんば》らせていただきますわ。あらゆる可能性を考えて準備してきましたもの。必ずや結果を残してみせます！」

「期待しているよ。じゃあ、そのチームの主要メンバーを紹介《しょうかい》しよう。入ってきてくれ」

ウィリアムが許可を出すと、執務室の扉《とびら》が開けられた。

そこから最初に現れたのは、フェリシアの知らない、目が隠れるほど眉毛《まゆげ》の長い御《ご》老人だった。顎《あご》には長い髭《ひげ》が生えている。白衣は着ているものの、愛嬌《あいきょう》のある顔で小柄《こがら》だからか、権威《けんい》ある老人というよりかわいいおじいちゃんという感じの人である。

そして次に入室した人物を認めて、フェリシアは「え!?」と思わず叫《さけ》んでいた。

なぜならそこから現れたのは。

「フェリシアちゃん、会いたかったわ！」

「ダレン!?」

フェリシアの師匠《ししょう》であり、第二の母でもある、ダレンその人だったからだ。

相変わらず加減を知らない抱擁《ほうよう》に、色んな意味で胸が苦しくなる。

「久しぶりね、ダレン。元気そうでよかったわ。でも、どうしてここに？」

「んー、なんて言うかね、実はあたし、ここの王妃《おうひ》様の担当医をさせてもらっててね？　その関係で選ばれたのよぉ。だからよろしくねん、フェリシアちゃん」

初耳である。フェリシアは金具の緩《ゆる》んだ木箱のようにぱかりと口を開けた。

確かにダレンの腕《うで》はグランカルストでも評判で、貴族にも往診《おうしん》していたことは知っていたが、まさかシャンゼルでは王妃の担当医にまでなっていたとは。

ちなみにダレンとは、ウィリアムと互《たが》いの想《おも》いを伝え合ったあの日から、実はほとんど会えていなかった。顔を晒《さら》したこと、ウィリアムがフェリシアへの愛を公然と伝えたことにより、フェリシア自身が忙《いそが》しくなってしまったことが原因である。

勉強にお茶会にその他諸々《もろもろ》。特にサラとのお茶会という名の女子会が、空いた隙間《すきま》時間を埋《う》めるように催《もよお》されたから、フェリシアはなかなか王宮の外に出る時間を作ることができなかった。

まあ、サラとの女子会は楽しいからいいのだが。ただ、最近のサラはなぜか申し訳なさそうに招待してくるので、そこはちょっと不思議である。

そういう事情もあって、ダレンとは手紙でやりとりをしていた。

「ダレンってやっぱりすごかったのね」

「改めて何言ってるのよぉ！　もうっ、照れちゃうじゃない」

「ふふ。これからよろしくね。ダレンがいてくれるなら心強いわ」

娘《むすめ》が母に甘えるように、フェリシアははにかんだ。

ダレンは抱《だ》きしめていた腕を離《はな》すと、こちらもまた、娘を慈《いつく》しむ母のようにゆっくりとフェリシアの頭を撫《な》でる。

「あたしも、フェリシアちゃんと一緒《いっしょ》で嬉《うれ》しいわ。今はもう誰かに虐《いじ》められてない？　ご飯はちゃんと食べてる？」

「大丈夫《だいじょうぶ》よ。ご飯は食べてるし、あと手紙にも書いたけど、あのときの使用人はみんな辞《や》めたか異動になったから、もう嫌《いや》がらせもないわ。殿下《でんか》だって気にかけてくれてるし」

　フェリシアがそう言うと、ダレンが「チッ」と舌打ちした。

「あーあーやだわぁ。娘を嫁《よめ》にやる親ってこういう心境なのね。あんな腹黒にウチのかわいいフェリシアちゃんはもったいないわ」

「ダレン殿《どの》、わざと聞こえる声で言っていますね？」

　絵画のように崩《くず》れない微笑《ほほえ》みを浮《う》かべたウィリアムが、いつのまにかダレンとフェリシアの間に割り込んでいる。肩《かた》を軽く引き寄せられ、滑《なめ》らかにダレンと引き離された。

「あ～ら～。こちらもお久しぶりですわぁ。どこかの腹黒が舞《ま》い上がってウチのかわいい娘を外に出してくださらないからぁ、なかなか会えなくて大変でしたのよ～？　今回お声がかからなかったら、城門をぶち壊《こわ》そうと思ってましたのに。ほんっと残念」

「それはこちらも残念です。あなたが城門を壊してくれたら、大義名分の下《もと》、遠慮《えんりょ》なくあなたを幽閉《ゆうへい》できたのに」

　二人の間にバチバチッと青い火花が散る。

「なら、一対一でけりをつけるってのはどうかしらん？　だってほら、よく言いますでしょ？

『私より強い男にしか娘は渡《わた》さん！』みたいな？」

「そうですね。〝父親〟のセリフですけれどね」

「やっだぁ！　——時には父にもなるんだよ文句あんのか、あん？」

ダレンのドスの利《き》いた声がフェリシアの耳にも届く。ハラハラしながら見守っていたら。

「ほっほ。若いもんは賑《にぎ》やかでいいの～。じゃが、わしのことも忘れんでほしいぞい」

子どもよりも子どもみたいにムスッと唇《くちびる》を尖《とが》らせた老人が、ウィリアムとダレンの間に立ちはだかった。

とっても小柄な、最初に入室してきたおじいちゃん先生である。背の高い男二人に挟《はさ》まれている絵面《えづら》は、まるで巨人《きょじん》と小人だ。

「そんなふうにカッカしとってはいかんぞ。若い娘さんが困惑《こんわく》するからのぅ。ほれ、これでも食べて落ち着いたらどうじゃ。溶《と》けたチョコレート」

「なんで⁉」

ダレンがライラも驚《おどろ》くほどの声量と鋭《するど》さで突《つ》っ込んだ。

飄々《ひょうひょう》としたおじいちゃん先生は、ダレンの反応にからからと笑っている。悪戯《いたずら》好きの子どもみたいだ。

「お嬢《じょう》さんにはほれ、アメちゃんでもあげよう」

「え、わたくしにもですか？」

手を差し出されて、つい条件反射で受け取ろうとしたフェリシアの手を、ウィリアムがそっと摑《つか》む。

見上げた彼は、なぜか微妙《びみょう》な表情で首を横に振《ふ》っていた。

「殿下？」

「一つ忠告しておくよ、フェリシア。この御老人からは何も受け取らないほうがいい」

その意味を、フェリシアはすぐに知ることとなる。

「なんじゃい、王太子。ほんの挨拶じゃろうて、邪魔《じゃま》せんでほしいわい」

残念そうに開いたしわくちゃの手から、〝アメちゃん〟ならぬ〝アメンボ〟が現れたからだ。

「このとおり、悪戯好きの御老人なんだ」

ウィリアムが、王宮内を全力疾走《しっそう》したあとのように疲《つか》れた声で言う。

その様子からどの程度の悪戯好きなのか、知りたくなくても察してしまったフェリシアである。

「ほっほ。よいではないか。人は刺激《しげき》があってこそ、人生を楽しめるというものじゃよ」

おじいちゃんがにかっと歯を見せる。愛嬌のある笑顔《えがお》だった。だからか、フェリシアもつられて笑みをこぼす。

けれど、続いた彼の自己紹介に、フェリシアはその笑みのまま固まることとなった。

「そういえばまだ名乗っておらんかったな。わしはドミニク・スペンサーじゃ。これからよろしくのぅ、薬草好きの変わったお嬢さん」

　それは、祖国で人付き合いの薄《うす》かったフェリシアでさえ知っている、薬師《くすし》の巨匠《きょしょう》と言われる男の名だった。

　宮廷《きゅうてい》薬師室長のドミニク、王妃の担当医師ダレン、そして、件《くだん》の薬の調合者フェリシア。この三人を筆頭に、他数名の宮廷薬師をメンバーとして、ウィリアムの言ったチームは発足《ほっそく》した。

　騎士棟《きしとう》の隣《となり》にある医療棟《いりょうとう》の一室が、メンバーに与《あた》えられた研究室《へや》だった。

　そこでフェリシアは、件の薬の作り方をレクチャーしていた。

「使うのは彼岸花、青木香《しょうもっこう》、リンドウ、ミルラ、月桂樹《げっけいじゅ》の実、ヘンルーダの種子、はちみつです」

　これらの材料については、すでにウィリアムが手配してくれていた。それを使って途中《とちゅう》まで調合するも。

「本当は、ここに例の薬草を加えますの」

　全《すべ》ての材料が揃《そろ》っていないせいで、完成品は見せられない。もともと持っていた分はもう手元にはないからだ。

「は～、なるほどな。これは解《げ》毒《どく》嘔吐《おうと》剤《ざい》の作り方だ」

薬師の一人が言った。

「ですね。でも彼岸花を入れてるのは驚きです。ここのものは安心安全を謳《うた》っているので、毒草を入れて調合しようとは思いません」

別の薬師も言った。

「ただ彼岸花の毒って催吐《さいと》作用がありますから、それを利用してるってことじゃないですか？」

彼らの素晴《すば》らしいところは、誰《だれ》もフェリシアがなぜそんなものを作り、持ち歩いていたかを訊《たず》ねてこないところだ。

話せば場の空気が重くなる。それはフェリシアも嫌だった。

それに、相手が王太子の婚約《こんやく》者と知っていても、彼らの興味は薬一点のみ。そこもまた好ましいところである。おかげでフェリシアも、王太子の婚約者らしくと変な肩肘《かたひじ》を張ることなく、気《き》兼《が》ねなく語れる。

「そうなんです。毒を以《もっ》て毒を制すではないですけれど、応用できないかと調合してみたら、意外といい感じに出来上がって」

「いや素晴らしい。王女殿下は薬師でもないんでしょう？　素人《しろうと》でここまでとは」

「といっても、基《き》礎《そ》はダレンに教えてもらったんですけどね」

「でも俺ならやっぱ別の薬草を使うな。そのほうが安全だ」

「確かに、宮廷では使えませんよねぇ。個人的には興味ありますけど」

　わいわいと盛り上がるメンバーに囲まれて、フェリシアは密《ひそ》かに感動していた。

(これよ、これ！　一度でいいから自分の作ったものに意見が欲しかったのよ！)

　一人で作っていたときは、何もかもが己《おのれ》で完結していた。作るのも、試《ため》すのも、使うのも。

　おかげでどんなに間違った方向に走っていても、それを止めてくれる者さえいなかった。より良いものを作りたくても、切磋《せっさ》琢磨《たくま》する仲間もいなかった。

「つーか、こんな毒草、そもそもよく使おうと思いましたよね。下手すりゃ長期間吐《は》き気に悩《なや》まされるってのに。王女殿下って変わってるんですね」

「おいっ、さすがにそれは」

「構いませんわ！　ぜひとももっと仰《おつしや》ってください！」

「「え……？」」

　賛成も反対も、なんの反応もない孤独《こどく》に比べたら、諸手《もろて》を挙げて歓迎《かんげい》したい。それがひいては良薬の開発に繋《つな》がると、フェリシアは信じている。

「どれをどうしましょう？　正体のわかっていない薬草が見つからない以上、代わりとなるものを開発する算段もつけておくべきですもの。皆様《みなさま》のお知恵《ちえ》を拝借させてくださいませ。一応わたくしも、代わりになりそうなものを見繕《みつくろ》ってきましたから！」

　バサバサッと木製のテーブルの上に広げたのは、フェリシアが見当をつけた薬草の資料だ。

　フェリシアは、少しでも周囲に認められるよう、シャンゼルについて学んできた。それはもう王宮の図書館司書に顔を覚えられるほど、通い詰《つ》めていた。

　そのとき、万が一のことも考えて、代わりになりそうな薬草についても一人で探していたのである。

「さあ皆様、どれから試しましょうか⁉」

　若干《じゃっかん》鼻息を荒《あら》くさせる王女に、その場の誰もが唖然《あぜん》としたのは言うまでもない。

　時同じくして、ウィリアムの執務《しつむ》室では。

「ねぇゲイル、私はそろそろ本気で君を海に沈《しず》めたいのだけど」

「物騒《ぶっそう》なこと言わないでくださいよ。殿下《でんか》の場合本当にやりそうだから怖《こわ》いんすよ」

「まさか私が冗談《じょうだん》を言うとでも？」

　心外だ、とウィリアムはわざと大きく目を開いた。

　沈められるものなら沈めている。だって彼は、依頼《いらい》された仕事とはいえ、最愛の婚約者《フェリシア》を亡《な》き者にしようとしたのだから。

　今はその気がなくても、ウィリアムとて、あのときの怒《いか》りを完全に鎮火《ちんか》させたわけじゃない。

　けれど、押し込めなくてはいけなかった。

　なぜならウィリアム・フォン・シャンゼルという男は、自分でも時々嫌《いや》になるくらい、公私を分けなければならない人間だからだ。

「それで、確認《かくにん》するよ。君が掴んだ情報に、本当に〝ブリジット〟の名前が挙がったんだね？」

ブリジットとは、フェリシアの異母姉《あね》のことである。

フェリシアを執拗《しつよう》に虐《いじ》めたあげく、毒殺しようとした女。

そしてウィリアムが、ずっと探《さぐ》りを入れていた女。

「だからそう言ってるじゃないっすか。確かな筋からの情報ですから、間違いないですよ」

「ブリジットが敬虔《けいけん》な聖女の信者だって？」

「そーそー。といっても、それは貴族的な言い回しですけどね。実際は侮蔑《ぶべつ》のこもった噂《うわさ》です」

「どんな？」

「いかにもお貴族様の好きそうな話ですよ。突然頻繁《とつぜんひんぱん》に教会に通い出すもんだから、実はそこの神父と不倫《ふりん》してるんじゃないかって」

「ああ、確かに。貴族《ばか》の好きそうな話題だね」

言って、ウィリアムは片手で顔を覆《おお》い、ため息を――つくはずもなく。

むしろ俯《うつむ》かせたそこから、聞いた者をぞっとさせるような黒い笑声《しょうせい》を漏《も》らした。

「ふふふ。そうか。やっとボロを出したか。我慢《がまん》しておまえを雇《やと》ったかいがあったよ」

ウィリアムがゲイルを始末しなかったのは、ひとえにその情報収集能力が欲しかったからである。護衛としての腕《うで》ももちろん買っているが、ゲイルの真価はそれではない。

彼は暗殺者であるがゆえ、裏世界の情報にも精通していた。表の人間では決して踏《ふ》み込めない、閉《と》ざされた世界の情報に。

そしてウィリアムは、以前からそういう人間を探していた。それが自分に逆らわない人間であれば、なおのこと欲しかった。

その点、ゲイル・グラディスという男は、非常に理想的だったのだ。

従順とはいかずとも、フェリシアがいる限り彼はウィリアムを裏切らない。そういう男——自分の好奇心《こうきしん》に素直な男——だということは、すでに調査済みである。

そう、ウィリアムはやはり、公私を分ける男だった。

個人としては、どんなにゲイルを殺したくても。

王太子としては、優秀《ゆうしゅう》な彼が欲しい。

その結果が今のおかしな状況《じょうきょう》を作り上げている。

「本当に、おまえが無能だったらすぐにでも水責めにしてあげられたのに。ごめんね？」

「いや謝られる意味がわかんないっつか殿下の微笑《ほほえ》みが未《いま》だかってないほど恐《おそ》ろしいんですけど！　なんなんすか、俺死ぬんすか？　ならせめて毒殺で——」

「ゲイル」

「わっはい」

ウィリアムは、座っている椅子《いす》に背を預けると、

「宰相《さいしょう》をここに。例の招待を受けると、さっそく伝えなくてはね」

美貌《びぼう》の悪魔《あくま》さながらに、優雅《ゆうが》に足を組み替《か》える。

執務机の引き出しから、二つの資料を抜《ぬ》き出した。

（やっとだ。これでやっと、面倒《めんどう》な問題に片をつけられる）

それぞれの資料には、〝関税〟と〝第一王妃《おうひ》〟の文字が並んでいる。二つとも長年ウィリアムの頭を悩ませているものだ。それが、やっと終わらせられるかもしれない。

「殿下、失礼いたします」

しかし喜びも束《つか》の間、ウィリアムは自身の補佐《ほさ》官によって、新たな問題を運び込まれることとなる。

「お取り込み中申し訳ありません。グランカルスト王より、至急の手紙が届いております」


開発チームが発足《ほっそく》して早数週間。彼らは、さっそく壁《かべ》にぶち当たっていた。

「だぁっからそれはだめだっつっただろうが馬鹿力《ばかぢから》医師！　見ろ、あんたのせいで爆発《ばくはつ》したじゃねぇか！　それでも本当に医者か!?」

「医者に決まってんでしょ！　だいたい爆発したのは薬師《そっち》のせいじゃないの！」

「んだとぉ!?」

「なあに？　あたしとやろうっての？」

　角目立つダレンと薬師《くすし》の青年の間に、小柄《こがら》な老人がひょっこりと顔を出す。

「ほっほ。今日もダレン殿《どの》はカッカしていかんのぅ。ほれ、これでも食べて気を落ち着けると良いぞい。腐《くさ》った卵」

「くさっ!?」

　今日も今日とて、研究室は賑《にぎ》やかである。混沌《こんとん》と言っても過言ではない。

　原因は、研究が思うようにいっていないせいだ。誰《だれ》もがストレスに晒《さら》されている。

（そりゃあそうよね。だって全然見つからないんだもの）

　見つからないのは、正体不明の薬草はもちろんのこと、その代替品《だいたいひん》となり得る薬草もだ。

「みんな苛々《いらいら》していかんのう。もぐもぐ。これでも食べて、もぐ、もっと余裕《よゆう》を持つと良いぞい。バナナ」

「って皮だけじゃねぇか！」

　唯一《ゆいいつ》変わらないのは、この悪戯《いたずら》好きなおじいちゃんだけだろう。

（なんでなの。なんであのドミニク先生が、こんな悪戯好きのおじいちゃんなの。これさえなければ本当に尊敬できる薬師なのに……！）

　実際、ドミニクはすごかった。フェリシアもそれを目《ま》の当たりにした。彼は自分の豊富な知識と経験を活《い》かし、難しいとされる調薬を短期間で難なくやってのけるのだ。

そこに医師としての見解を述べ助言するダレンがいて、簡単な指示だけでパパッと調合してしまえる優秀なメンバーがいて。

この騒々《そうぞう》しさからは窺《うかが》い知れないほど、集められたメンバーは皆抜群《みなばつぐん》の能力を持っていた。

（この纏《まと》まりの無ささえなければ、本当に良《い》いチームなのに）

頭が痛い。肉体的にも、心理的にも。

ついでに目も痛い。こちらは資料を読み込みすぎたせいだ。あと、超《ちょう》がつくほど眠《ねむ》たくて仕方ないのは、ウィリアムの死亡ルート回避《かいひ》を考えすぎたせいだろう。

（とにかく問題が山積みすぎて、もう、何から片付ければいいのかわからなくなってきたわ）

この混沌が子守唄《こもりうた》に聞こえるのは、まずい傾向《けいこう》だろうか。

日中は研究に勤《いそ》しみ、夜は前世を思い出そうとして寝付《ねつ》けない。

（でも、さすがにウィルの死亡ルートは、なんとかしないと）

フェリシアは、座りながらこくりこくりと舟《ふね》を漕《こ》ぎ始めた。

自分のデッドエンドの時よりも、ずっと真剣《しんけん》に前世を思い出そうとしている。おそらくそれは、すでに思い出している前世の記憶《きおく》の中に、実際にウィリアムの死んだシーンがあるからだ。

彼は黒幕に攻撃《こうげき》されそうになったヒロインを庇《かば》って、その身に魔物の牙《きば》を受ける。

（どうして魔物なの？　黒幕と魔物の関係は？　そもそも、黒幕って誰よ）

自分のときは、そこまで鮮明《せんめい》な死際《しにぎわ》なんて思い出さなかった。いや、というよりは、悪役の死際なんて描《えが》かれてすらいなかった。

けれど彼の場合は違《ちが》う。血を流して、泣き叫《さけ》ぶヒロインが描かれている。

仲間の死をもって、ヒロインと、ヒロインに選ばれたヒーローは、さらに絆《きずな》を強くして敵を倒《たお》すのだ。

その、鮮明すぎる映像が。

（怖《こわ》い……。あれが、現実になるのが怖い。どうにかしてハッピーエンドにしたいのに）

気ばかりが焦《あせ》る。思い出せない記憶がもどかしい。役立たずな己《おのれ》の脳を、何度呪《のろ》ったことか。

それなのに、脳は休めと命令してきて。

（だめ……寝そう……）

そうして夢の住人になりかけたフェリシアの許《もと》に、予期せぬ人物が訪ねてきた。

「フェリシアー！」

名前を叫びながら、その人物は研究室の扉《とびら》を勢いよく開ける。

一同が一斉《いっせい》に注目する中、フェリシアはまだ、夢の入口にいた。そのとき。

「ライラ！　その男を近づけるな！」

珍《めずら》しく焦燥《しょうそう》を滲《にじ》ませたウィリアムの声に、フェリシアはパチッと目を覚ました。

目の前では殺伐《さつばつ》とした空気が流れている。

フェリシアを守ろうとするライラと、そのライラに敵意を向ける見知った騎士《かお》。

その奥に、フェリシアは、さらに懐《なつ》かしい顔を見つけて。

「久しぶり、フェリシア！」

「……もしかして、テオ？」

それは、不遇《ふぐう》の祖国時代において、唯一フェリシアと遊んでくれた従兄《いとこ》だった。


テオドール・リンデン。

オブライエン公爵《こうしゃく》の長男であり、フェリシアとは従兄妹《いとこ》である彼は、貴族の跡取《あとと》りにしては珍しく純真無垢《むく》という言葉がぴったりの男だった。

「ああフェリシア、元気にしてた？　久々に会えて嬉《うれ》しいよ。僕が留学してたから、四年ぶりかな？　本当に綺麗《きれい》になって」

あのまま研究室にいるわけにもいかなかった一行は、チームメンバーを置いて、現在応接室に移動していた。

テオドールとテーブルを挟《はさ》んで向かい合い、隣《となり》には無駄《むだ》に圧力が強い笑顔《えがお》のウィリアムが座っている。

ただ、久々の従兄に気持ちが高ぶっているフェリシアは、気づくことなく話を続けた。

「テオは相変わらずお世辞が上手ね。でも留学してたなんて知らなかったわ。もう終わって、今は国にいるの？」

「そうだよ。でもおかしいな、伝言をお願いしたはずなんだけど。まあ、こうして会えたからいっか」

「私も、テオにまた会えて嬉しいわ」

ふにゃ、と。久々の従兄に心が和《なご》む。

「！　ぼ、僕も、僕も嬉しいよ！　もうその笑顔を見られただけで、胸が……！」

「えっ、胸がどうかしたの？　大丈夫《だいじょうぶ》？」

条件反射的に駆《か》け寄ろうとしたとき、フェリシアは急に視界を奪《うば》われた。恐怖《きょうふ》よりも困惑《こんわく》に陥《おちい》る。視界を塞《ふさ》ぐものが、ウィリアムの手だと直感したからだ。

「ちょっと殿下《でんか》？　なんですの、これ」

「いやなに、もったいないと思ってね」

何が？　と思ったのはフェリシアだけじゃない。空気を読めるウィリアムは、訊《たず》ねられる前に教えてくれた。

「単なる使者殿に、君のその笑顔を見せるのはもったいないと思ってね。君が気を許していいのは婚約者《こんやく》の私にだけでしょう？」

違う？　と今度は視界いっぱいにウィリアムの顔が映る。

そのとき、テオドールがハッと両目をかっ開いた。

「婚約者って……陛下が言っていた腹黒で鬼畜《きちく》な、あの⁉　あなたのことだったのか！」

　彼の指先がウィリアムを捉《とら》える。止めようと思ったフェリシアは、しかし次のテオドールの言葉でその気も失《う》せてしまった。

「陛下から全部聞いてるぞ。政略目的でフェリシアとの婚約を脅迫《きょうはく》したあげく、フェリシアを泣かせているんだってな？　男の風上にも置けない奴《やつ》め！」

　このときのフェリシアの気持ちを、誰かわかってくれるだろうか。純粋《じゅんすい》で大概《たいがい》のことは信じてしまう、ある意味一番嘘《うそ》をついてはいけない相手に嘘をついた異母兄《いぼけい》に、一日中お腹《なか》を下し続ける毒草を送りつけたくなったほどには怒《いか》りを覚えた。純粋な彼を騙《だま》すなんて最低である。

「あなたに僕の気持ちがわかるか？　やっと留学から戻《もど》ってきて、意気揚々《いきようよう》とフェリシアの許を訪ねたら、そのフェリシアが他国の王太子に連れ去られたって。それを聞いたときの僕の気持ちが、あなたに理解できるか⁉」

「それは辛《つら》いですね。ご愁傷様《しゅうしょうさま》です」

　ウィリアムが労《いたわ》るように言う。でもよく見ると、その表情はどこか勝者然としていた。

「そうか、わかってくれるか。本当に辛くて……ってあなたがその元凶《げんきょう》なんだが⁉」

「ああ、そうでしたね。かわいそうに。フェリシアはこのとおり私の婚約者ですので、あなたの出る幕はありません。ご愁傷様です」

「二回言った……！　ご愁傷様って二回言った！　フェリシア！　どうして君はこんな男との

婚約を受け入れたんだ。やっぱり脅迫されたんだな？　そうとしか考えられない。フェリシアが嫌《いや》なら、無理して婚約する必要なんてない。むしろ僕と婚や――」

「それは遠慮《えんりょ》しましょう」

「まだ何も言ってない！」

そもそもあなたに言ってない！　とテオドールが吠《ほ》えている。

なんだろう。この、置いてけぼりを食《く》らっている感じは。おそらく自分の話をされているのに、その本人を抜《ぬ》きに勝手に話が進んでいく。

とりあえず、フェリシアは思った。アイゼンには本気で腹下しの毒草を送ってもいいかもしれないと。

「とにかく、フェリシアは連れて帰る。婚約破棄《はき》の手続きなら後でもできるし、フェリシアがいなくてもできるからな。陛下にも役目さえ果たせば好きにして構わないと言ってもらえているし、あなたみたいな男に彼女を任せておけない」

行こう、と彼が手を差し出す。フェリシアはそれを拒《こば》むように、緩《ゆる》く首を振《ふ》った。

「ごめんなさい、リンデン卿《きょう》」

テオ、と呼ばないのは、いつのまにか腰《こし》に回っていたウィリアムの手が、何か言いたげに自分を捕《つか》まえているからだ。

久々に会えた従兄に嬉しくなって、昔と同じように接してしまったけれど、昔と同じではいられない。いてはいけないことを自覚する。

「お兄様がなんて言ったのかは知らないけど、私は脅迫なんてされてないわ。だから国にも帰らない。それにね、この婚約は、私自身が望んだものだから」

彼の隣にいたいと願い、彼と共に生きていきたいと決意した結果だ。今では離《はな》れたいなんて、これっぽっちも思っていない。

「でも、ありがとう。リンデン卿は昔からみんなに優《やさ》しかったものね。従妹《いとこ》が不幸になるんじゃないかって、心配してくれたんでしょう？　でも大丈夫。私のことは気にしなくていいわ。あなたは自分の役目にだけ集中して。ね」

「フェリシア……。違うよ、だって僕は、君のことが――」

「そうですよ。使者殿《どの》は使者殿の役目を果たされるがよろしいかと」

「～～っだからさっきからなんなんだ⁉　絶対わざと遮《さえぎ》ってるよな⁉」

ウィリアムの顔から「にっこり」という効果音が鳴った。ような気がした。

テオドールが、酷《ひど》く傷ついたように眉根《まゆね》を寄せる。

「どうしてなんだ、フェリシア。こんな意地の悪い男なんて、明るくて優しい君には相応《ふさわ》しくないよっ。だいたいそこの王太子より、僕のほうが長く君と一緒《いっしょ》にいたじゃないか。僕は君に求婚だってしたのに！」

「「え⁉」」

テオドールから信じられない単語をぶつけられて、後ろで控《ひか》えていたライラやゲイル、使用人たちと一緒に口から驚愕《きょうがく》が飛び出す。

彼らの視線が痛い。言いたいことはわかる。なぜ自分《フェリシア》まで驚《おどろ》いているのかと、そう言いたいのだろう。フェリシア自身もそう思う。なんで自分は驚いているのだ。そりゃあ、その話を今初めて聞いたからだ。

「えっと、それは、いつの話かしら？」

「子どもの頃《ころ》だけど」

どうしよう。全く思い出せない。でもこれは思い出さないと、普通《ふつう》に失礼なやつだ。

だから頭上から突《つ》き刺《さ》さる槍《やり》のような視線の雨には、あえて気づかないふりをした。

「まさかフェリシア、覚えてないの？」

「ま、待って。大丈夫よ。今思い出すから」

「ええっ。じゃあやっぱり忘れちゃってたってこと!? そんな……。ほら、昔僕があげたすずらんがあるでしょ？ 君は喜んで受け取ってくれたじゃないかっ」

「す、すずらんを？」

それは覚えているような、いないような。

しかし曖昧《あいまい》な返答は許さないと、前《テオドール》からも横《ウイリアム》からも圧力が来ているので、フェリシアは必死に記憶《きおく》の引き出しを開けた。それはもう、忘れたへそくりを探すが如《ごと》く、片っ端《ぱし》から開けた。

前世の妹にゲームを勧《すす》められた記憶。

アイゼンとの攻防戦《こうぼうせん》の記憶。

悪役のフェリシアに毒づく妹。

逃《に》げるために握《にぎ》った、誰《だれ》かの小さくも温かい手。

妹はバッドエンドに泣いていて。

真っ直《す》ぐ差し出された、白い釣鐘《つりがね》形の花が――。

「！　そう、そうだわ。確かにもらったわ」

テオドールが嬉しそうに腰を上げた。

ウィリアムの笑顔《えがお》が、氷のように固まっている。

「でも、それがどうかしたの？」

けれど、続いたフェリシアの言葉が予想外だったのか、テオドールはすぐに目を丸くした。

「どうしたって……すずらんは求婚の花だよ!?　グランカルストでは有名じゃないか！」

「え、そうなの？　ごめんなさい。私、そんなこと今初めて知ったわ」

「ええ!?」

「フェリシア、じゃあ、なぜその花を受け取ったの？」

ウィリアムに問われて、フェリシアはありのままを答える。

「だってすずらんには薬効があるもの。今では毒のほうが強くて薬としては使えないってわかってるけど、その頃はなんとかして薬にならないかって、試行錯誤《さくご》していたから」

だから、祖国ではすずらんが求婚の花だったなんて、フェリシアは露《つゆ》とも知らなかった。教えてくれる人もいなかった。

「そんな……じゃあ、あのときの花は……」

「えっと、ごめんなさい？」

今にも砂と化しそうなテオドールには、さすがのフェリシアも罪悪感が湧《わ》いた。

まさか実験に使ったなんて、口が裂《さ》けても言わないほうがいいだろう。

「でもフェリシア、すずらんなら、君は簡単に手に入れられたよね？　なのになぜ受け取ったんだい？」

ウィリアムが重ねて訊《き》いてくる。この様子だと、もしかして彼のほうはグランカルストのその風習を知っていたのだろうか。博識な彼ならあり得ると思いながら、フェリシアは祖国にあるお気に入りの風景を思い出していた。

一面を彩《いろど》る緑と白。そこは人知れず咲《さ》く、すずらん畑。

その場所を知っているフェリシアは、確かに誰よりも簡単にすずらんを手に入れられた。

でも不思議なのは、どうしてウィリアムがそれを知っているのかだ。あの場所はフェリシアしか知らないはずなのに。

（あ、れ？　違《ちが》う。私、そういえば昔、誰かにあの場所を教えた？）

手を引いて。戸惑《とまど》う誰かと一緒に。

温かい、小さな手だ。振り払《はら》われないそれが、あの頃のフェリシアは嬉《うれ》しくて――。

――〝汚《きたな》い手で触《さわ》らないで！〟


ハッと意識が戻《もど》る。

（……最悪。久々に思い出したわ）

それは、異母姉《あね》であるブリジットとの記憶。嫌な記憶だ。こうなるとわかっていたから、フェリシアは極力過去《うしろ》を振り返らないようにしていたのに。

「フェリシア、どうしたの？」

どうやらぼーっとしていたらしい。そういえば、質問されていた途中《とちゅう》だった。

「失礼しました。えーと、なぜ簡単に手に入るすずらんを私が受け取ったのか、という質問でしたわよね？……正直、よく覚えてませんわ。たぶんもらえるものはもらっておこうと思ったのかもしれません」

それが毒草ならなおさらだ。

けれど、本当は違う。

(昔から、あのすずらん畑のすずらんだけは、採っちゃいけない気がして)

あの白く可憐《かれん》な花が咲き誇《ほこ》る光景を、誰にも奪《うば》われたくなくて。

それは、自分であっても、汚《けが》してはいけないと思っていたから。

(でもこんなこと、言っても伝わらないわよね)

なぜならフェリシア自身も、曖昧で不透明《ふとうめい》な感情だからだ。

「フェリシア、信じるよ？　本当にそれだけだね？　浮気《うわき》じゃないね？」

「なんでそうなりますの!?　浮気なんてしてませんし、そもそも子どもの頃の話ですわよ」

どう考えても時期がおかしいのだが、ウィリアムもそれを承知で言っているらしい。

「たとえ過去でも、君が求婚《きゅうこん》を受けたという事実が面白《おもしろ》くない。まあでも、相手の勘違《かんちが》いならぎりぎり許せそうだけど」

「勘違いって言うな！　これは別に勘違いじゃなくてっ」

「でないなら、なんでしょうね？」

「ぐっ……。フェリシア！　やっぱりこの男はだめだ！　陛下が言ったように腹黒で鬼畜《きちく》で卑《ひ》怯《きょう》で蛇《へび》みたいにねちっこい！　そんな男に君を渡《わた》せるものか。そもそも、前王陛下はフェリシアの婚約者に僕を指名してたのに！」

「「え!?」」

またもやギャラリーたちと声が揃《そろ》う。

慌《あわ》てて口を押さえながら、フェリシアは内心で「なるほど」と一人頷《うなず》いた。どうしてテオドールが自分なんかに求婚したのか謎《なぞ》だったが、父王からの命令ならば納得《なっとく》がいく。

「なのにそれを横取りしたのは、そちらだろう⁉」

「さて、なんのことだか」

ウィリアムが飄々《ひょうひょう》と応《こた》えた。これはもしかしなくても、彼はその事実を知っていたようだ。

（まあそうよね。なにせ抜《ぬ》け目のない方だから、自分の婚約者のことくらい、しれっと調べてるわよね）

それに彼の婚約者ともなれば、未来の国母である。調べるのは当然のことだろう。

ただそこで、フェリシアは「あれ」と何かが引っかかった。

（調べた、のよね？　私のこと。ならなんで、私なんかを婚約者にしたのかしら）

前世の記憶のせいで、フェリシアが婚約者になることはそういうものだと思っていた。

乙女《おとめ》ゲームに悪役は付きもので、だから、ゲームのとおりに進むなら、フェリシアが選ばれるのは必然なのだと。

フェリシアは大国の姫君《ひめぎみ》だ。シャンゼルにとってその価値は大きい。

だからゲームではフェリシアが政略結婚の相手として選ばれていた。そしてゲームのフェリシアは、姉に命を狙《ねら》われるほど嫌《きら》われてはいなかったから、邪魔《じゃま》されることなくその座に収まっていた。

　でも、現実は違う。現実のフェリシアは、ゲームのフェリシアのようにただ流され縮こまるだけの存在ではない。いつだって歯を食いしばり踏《ふ》ん張ってきた。

（まあ、そのせいでゲームのフェリシアより嫌われて、まともな結婚なんてさせてくれそうもない感じだったけど。実際お姉様が先に嫁《とつ》いでグランカルストを出ていなければ、この婚約だって邪魔されてただろうし）

　そしてウィリアムが、その情報を入手していないはずがない。

　となるとやはり、王族《かぞく》から見放された姫《ひめ》を、あのウィリアムが進んで婚約者に選ぶだろうか。政略として娶《めと》るなら、そんな面倒《めんどう》な相手ではなく、同じく未婚《みこん》の妹を選ぶのではないだろうか。

　フェリシアならそうする。目的が、政略のみに特化していたなら。

（もしかして、それだけじゃない？）

　なら、他《ほか》に何がある？

　そう考えたとき、フェリシアは初めて彼と顔合わせをしたときのことを思い出した。

――〝これでやっと、約束を果たせますね〟

　この言葉に違和感《いわかん》を覚えたのは間違いない。

（私、ゲームだからって、もしかして色々と考えなさすぎてる？）

　ゲームだからこうだ。ゲームだからこうなる。

　自分がシャンゼルに来たのも、全《すべ》てはゲームがそうだったから。

——……本当に？

（でもじゃあ、他に何があるって言うの？　確かに今のウィルならわからなくもないけど……あの頃《ころ》はまだ出会ってもないのに）

　頭の中が混乱する。土足で踏み荒《あ》らされているような感覚だ。

（だめだわ。寝不足《ねぶそく》だからか、考えがまとまらない）

「気に食わないな。どうやって陛下を騙《だま》したんだ？　陛下だってきっと僕をフェリシアの婚約者に選んでくれてたはずなのに」

「それはどうでしょうね。義兄上《あにうえ》は人をよく見ておられますから、フェリシアに相応《ふさわ》しい相手しか婚約者には選ばないでしょう」

「ちょっと待て。義兄上？　義兄上って呼んでるのかっ？　もう？　陛下がそれを許した？　僕だってそう呼びたくてもずっと我慢《がまん》してきたのに⁉」

「それは残念でしたね」

　ああ、周りが騒《さわ》がしい。おかげで余計に考えがまとまらない。

　フェリシアは、仕方なく思考を放棄《ほうき》した。どうやら今は、悩《なや》むよりも先にすべきことがあるようだ。

「いや、どうせそれも無理やり呼んでるんだろ。絶対そうだ。だって陛下はあなたの話のときはいっつも眉間《みけん》にしわを寄せていたんだぞ。仲が良《い》いならそんな顔はしないし、腹黒とか蛇とか、悪口を言うはずがない！」

確かにテオドールの言うとおりかもしれないが、これ以上は聞いていられないと、フェリシアは立ち上がった。

「それはちょっと誤解があるわ、リンデン卿《きょう》」

真面目《まじめ》な顔で、真面目な声音《こわね》で。

「殿下《でんか》は確かに腹黒だけど、蛇みたいにねちっこくはないわ。それはお兄様の嘘《うそ》よ。殿下はねちっこいというよりも、容赦《ようしゃ》がなくて執念《しゅうねん》深いだけよ！」

ドーンと胸を張る。

そのおかげで乙女ゲームの悪役令嬢《フェリシア》は殺され、現実のフェリシアは逃《に》げる羽目になったのだ。蛇みたいな小物と一緒《いっしょ》にしないでほしい。

「あの、フェリシア？　それも結局悪口なんじゃ……。むしろ追加されたような……」

「だからお兄様には、嘘を教えないでって抗議《こうぎ》しておくわね。あなたは何も心配しなくていいの。お父様がどう言ったのか知らないけど、それに耳を貸す必要だってないわ。特に婚約者のことは、言いなりにならなくてもいいの。家のためでも、あなた自身のためでもいいから、自分で後悔《こうかい》しない人を見つけて。私、リンデン卿のためなら全力で応援《おうえん》するから！」

「ちょっと待って!? なんでそんな話になったの!? 確かに婚約のことは前王陛下の御《ご》意思だったけど、そうじゃなくてっ」

「まさか、お兄様も婚約の話を?」

だとしたら、やっぱり兄は意地悪な人だ。フェリシアの本心を誰《だれ》より先に言い当てたくせに、今度は何も知らないテオドールを使って自分たちを引き離《はな》そうとしているだなんて。

「お兄様の思うつぼになってやるもんですか。いい? リンデン卿。お兄様の言うことなんか聞いちゃだめよ。あなたはあなたの幸せだけを考えればいいの。私も自分の幸せを守るから。お兄様に邪魔なんてさせないわ。一緒に頑張《がんば》りましょうね!」

「いや、だからね? 色々とちが……って笑うなシャンゼルの王太子! やっぱり君、相当性格悪いだろ!? 街ではなんか人気だったけど、絶対こっちが素《す》だよな!?」

「まあ、そうかもしれませんね。フェリシアのコレには私も散々苦労しましたけれど……今は感謝したいくらいです。ねぇ、フェリシア?」

「……よくわかりませんけど、とりあえず殿下に馬鹿《ばか》にされていることはわかりましたわ」

ついでにゲイルにも馬鹿にされているようだ。腹を抱《かか》えて笑ったこと、必ず後悔させなくては。

「ああ、ごめんね。拗《す》ねないで。むしろ褒《ほ》めてるんだよ」

「全く褒められてる気がしませんけど!?」

もう知らない！　とフェリシアは席を立った。

これ以上ここにいても、実りある話なんてなさそうだ。

（それにたぶん、ここから先はお仕事の話になりそうだものね）

テオドールが言った。役目さえ果たせば好きにして構わないと、アイゼンにそう言われたと。

そしてそのとき、ウィリアムがほんの少し片眉《かたまゆ》を上げたのを、フェリシアは見逃《みのが》さなかった。

「ライラ、ゲイル。行きますわよ。今日は私の愚痴《ぐち》に付き合ってね」

「はいはーい。殿下の愚痴なら、自分もたんまりありますよ」

「同じく」

それもどうかと思うけれど、察しのいい二人に、フェリシアは内心で感謝した。

「お手柔《てやわ》らかに頼《たの》むよ、フェリシア」

「知りませんっ」

べー、と。

部屋を出る寸前、ちょっとだけ歯向かってみたのは、ご愛嬌《あいきょう》だと思ってもらいたい。

「ふふ、かわいいでしょう？」

フェリシアたちが部屋を去ると、ウィリアムが先に口を開いた。

笑っているけれど、その瞳《ひとみ》は氷の針のように鋭《するど》く無感情だ。

「フェリシアがかわいいのは当然だろ」

「そうですね。ですが、あなたがフェリシアをどう想《おも》っていようと、彼女は私の婚約《こんやく》者です。できれば今のうちに手を引いていただけると、非常にありがたいのですが？」

「ふん。どうして僕があなたの言うことを聞かなきゃならない？　だいたいその丁寧《ていねい》な話し方をやめてくれ。気色悪い」

なるほど、とウィリアムは思う。確かに彼は、どんなときも、どんな相手を前にしても、己《おのれ》の心に素直らしい。前情報どおりだ。

これでよく化かし合いの社交界で生き残れたものだと、逆に感心してしまう。

（人誑《ひとたら》しの天才か）

明るく話し上手な彼の許《もと》には、自然と人が集まるらしい。そして愛嬌ある天然によって、警《けい》戒《かい》されにくいとの情報も得ている。

しかし、テオドールの本当に油断ならないところは、本能で引き際《ぎわ》を心得ているところだ。

（でなければ、さすがに愛嬌だけで生き残れるほど、大国の社交界は甘くない）

なぜウィリアムが突然《とつぜん》やって来た彼について、これほど詳《くわ》しいのかというと。

最初から知っていたからだ。彼が先代グランカルスト王の決めた、フェリシアの婚約者候補であったことを。

それもあってウィリアムは、当時国王だった前王ではなく、まだ交渉《こうしょう》の余地がありそうなアイゼンにフェリシアとの婚約を持ちかけたというわけである。

「では、使者殿《どの》の許可も得たところで、腹を割って話そうか。義兄上が私に言った〝プレゼント〟というのは、あなたのことで間違いないのかな？」

「そんなの知らないさ。陛下が僕に言ったのは、教会に友人を作ってこいってことだけだから」

「友人？」

なんとも平和的な響《ひび》きである。

けれど頭につく三文字は、ウィリアムにとってはなんとも不穏《ふおん》な相手である。それはアイゼンにとってもそうだろう。

いや、そうだと認識《にんしき》してもらうため、以前、わざわざ彼を呼び出したのだ。

相反する二つの言葉に、ウィリアムは一瞬《いっしゅん》だけ考えた。が、すぐにその意図を見つける。

（なるほど。人誑しの彼に、余計な指示は不要ということか）

むしろ、ここまで素直な男だ。余計な情報を仕込むほうが色々と厄介《やっかい》そうである。

やはりアイゼンも、ただのシスコンではなく、大国の王ということだろう。人の使い方を知っている。

「そう。じゃあ、他《ほか》には何も？」

「特には。友人を作ってこいって。それさえ達成できれば、あとは好きにしていいとも言われた」

「そんなことまで私に話していいのかい？」

「話せって言われたからな。あなたには」

「へぇ」

ウィリアムは確信した。やはりアイゼンの言う〝プレゼント〟とは、テオドールのことだろうと。

――〝余にとっても役に立ち〟

警戒されない彼は、教会を探《さぐ》らせるには適任だ。

――〝貴殿《きでん》にとっては良い刺激《しげき》となり〟

フェリシアの元婚約者候補であり、彼女に想いを寄せている男だ。気が抜《ぬ》けない、という意味でなら、確かに刺激となるのだろう。

――〝フェリシアにとっては過去を振《ふ》り返る良い機会となろう〟

ああ。そうだ。間違《まちが》いない。

なぜならこの男は、フェリシアの過去にも存在している。すずらんのことを思い出したとき、彼女は確かに過去に触《ふ》れていた。

まあ、結局ウィリアムのことは、思い出してくれなかったけれど。

（まったく、余計な真似《まね》を）

たとえ彼女に思い出してほしくても、彼女に懸想《けそう》する男を近づけるのは我慢《がまん》ならない。

だがアイゼンのことだ。ウィリアムがそう思うことさえ見通して、彼はテオドールを送り込み、今頃《いまごろ》一人ほくそ笑《え》んでいるのだろう。

「使者殿、一つ忠告しておくよ」

言いながら、ウィリアムは立ち上がる。忌々《いまいま》しいグレーの瞳を見下ろして、牽制《けんせい》するように。

「私からフェリシアを奪《うば》う者は、誰であろうと許さない」

なぜなら、彼女だけが、自分を〝人間〟にしてくれるから。

人形のように感情のなかった自分がこんな感情を抱《いだ》けるのも、全《すべ》てはフェリシアと出会い、今、共にいてくれるからだ。

一度人としての幸福を味わってしまったら、もう無感情な人形には戻《もど》れない。

「よく言うよ。どうせ、フェリシアが大国の姫《ひめ》だから婚約しただけなんだろ？」

「あなたは違うと？」

「違う。僕は彼女が好きだ。彼女の笑顔が好きだ。明るくて、元気で、いつも真っ直《す》ぐな、そんな彼女が。家のことを気にしたことはない」

「そう。それは立派だね。ただ残念ながら、私はそう言い切れるほど軽い責任の下《もと》には生まれていないんだ。フェリシアのことは好きだけれど、それだけでないことは否定しない」

ぎりっと、テオドールから憎《にく》しみを噛《か》み砕《くだ》いたような音が聞こえた。

しかしそれがウィリアムの真実だ。

何よりも、誰《だれ》よりも、彼女を愛している。

愛しているけれど、それだけで我儘《わがまま》を押し通せるほど、国を背負うということは軽いことではない。

本当はウィリアム自身が一番己の境遇《きょうぐう》を恨《うら》みたかった。いや、恨んでいた。

唯一《ゆいいつ》の後継《こうけい》だったからこそ、周囲からは国を継《つ》ぐための道具としか思われず。

それは父王も変わらない。母だって会いに来てくれることはあまりなかった。

そんな孤独《こどく》の中で初めて心を開けた人物すら、あっけなく自分を裏切った。

その中で見つけた彼女《しあわせ》に縋《すが》って、何が悪いというのだろう。

ただ生きていた。ただ息を吸っていた。なぜ自分が生きているのかわからなかった。

そんなときに出会った、不思議な少女。

彼女は虐《しいた》げられた王女だった。それでも前を向いていた。絶望の闇《やみ》の中でも、光を手放してはいなかった。

だからこそ、その光に魅《み》せられたのだ。与《あた》えられる水で育った温《ぬる》い光ではなく、逆境の中で育った凜々《りり》しい光だったからこそ、失《な》くしたはずの心を揺《ゆ》さぶられた。

その瞬間のことを、ウィリアムは今でも思い出せる。今も眠《ねむ》りにつくときに、宝箱を開けるように思い出している。

彼女が王女であってくれて、どれほど感謝したことか。この男にはわかるまい。

「もう一度忠告するよ、使者殿。あなたのその混じりけのない眩《まぶ》しさは、いずれフェリシアを苦しめる。ただ純粋《じゅんすい》に彼女が欲しいだけなら、不用意に彼女には触れないほうがいい」

何の混じりけもない純水が、時に毒となるように。

理解できるわけがないのだ。一点の汚《けが》れもない想いしか知らない、この男には。

自分の彼女への想いも。

彼女の生への執着《しゅうちゃく》も。

「教会のことは協力しよう。あまり私が関《かか》わりすぎると警戒《けいかい》されてしまうだろうけど、きっかけくらいは作れるよ。帰国についても、使者殿が安全に帰途《きと》へつけるよう手伝わせていただく。ただし、行きと同じ顔ぶれであることが、条件でも良ければだけどね」

「……一人追加したいと言ったら？」

思わず失笑《しっしょう》しそうになった。

「それを私に言うのかい？　すごいね。その豪胆《ごうたん》さはいっそ感心するよ。ああ、でも、そうか。君を前にした人間は、こうやって君を気に入るのかな」

「何の話だ」

「意味のない話だよ。要するに、人の話は聞いておこうねってことかな」

「聞いていたとも。聞いて、やはりフェリシアは連れて帰るべきだと思った。あなたのような男のそばにいたら、フェリシアの性格まで悪くなってしまう」

「随分《ずいぶん》な言い様だね」

肩《かた》を竦《すく》める。なんというか、本当に隠《かく》すということを知らない男だ。

どこまでも、自分とは正反対の。

「どうやら使者殿はお疲《つか》れのようだ。すぐに部屋へ案内させよう。頭を冷やして、早々に我が国から出て行くことをお勧《すす》めする」

「フェリシアと共に、な」

最後の言葉を無視して、ウィリアムは侍従《じじゅう》を呼んだ。

部屋を出て行くその瞬間《しゅんかん》まで突《つ》き刺《さ》さる真っ直ぐな視線に気づきながら、でも、ウィリアムは決して目を合わせようとはしなかった。


翌日の朝。

フェリシアは、さっそく研究室に詰《つ》めていた。というのも、昨日の久々かつ突然《とつぜん》のテオドールとの再会が無意識的に尾《お》を引いていたのか、いつもより早く目覚めてしまったからだ。

特に他《ほか》にすることもなかったので、こうして朝の誰もいない研究室を独り占《じ》めしながら、なんとはなしに薬学書をめくっていく。

（白い花……白い花についての記述は……と）

あるにはあるが、有力そうなものはない。これでもう何冊目だろう。たとえ名前がわからなくとも、特徴《とくちょう》や見た目は覚えている。それでもなかなか見つけられないのは、そもそも絵図のついた資料が少ないからだ。

（こういうとき、前世の技術がいかに便利だったか思い知るわね）

フェリシアの頭の中には、探し求めている薬草が鮮明《せんめい》に映し出されている。けれど絵のない資料が多いこの世界では、名前を知らないと満足に探し物もできなかった。

（色は白くて、連なってて、花は下を向いていて）

特徴を一つ一つ拾い上げながらページをめくっていると、ふと、それがすずらんと似た特徴であることに気づく。

そしてすずらんと言えば、また昨日の出来事を思い出した。

（すずらんが求婚《きゅうこん》の花かぁ。私としてはとっても素敵《すてき》だけど、今まで誰も毒に犯《おか》されなかったのかしら。あれは生けている水にも毒が溶《と》け込むから、飲んだら悲惨《ひさん》なことになるのに）

そこまで考えて、そんな水を飲む変わった人間が多くないことに思い至る。

（それもそうよね。私だって一度試飲しただけだし……って――）

「おはようございまーす。あれ、今日は早いですねフェリシア様。もしかして何か進展ありました？」

「――そうよリンデン卿《きょう》よ!!」

「えっ、いきなり何ですか⁉」

出勤してきた一人のメンバーに、フェリシアは、たった今思い出したことを興奮気味に伝えた。

「あれをわたくしに贈《おく》ってくれたの、リンデン卿なんですよ！　あのときもすずらんに似てるなって思ったのに、昨日はウィルとリンデン卿の会話に気を取られてすっかり思い出すのが遅《おく》れたわ。こうしちゃいられない。さっそく彼をここに呼ばないと！」

自己完結したフェリシアは、言うが早いか、スタートダッシュを決めようとしたところ。

「ま、待ってください！　それならその必要はないっていうか、すでに連れてきちゃったっていうか」

しどろもどろに言う彼に、フェリシアは首を捻《ひね》った。連れてきた？　この、関係者以外立入禁止の研究室に、彼らにとってはただの使者であるテオドールを？

「すみません、先に謝っておきます！　廊下《ろうか》で迷ってるみたいだったので声をかけたら、フェリシア様に会いたいと仰《おっしゃ》るので。それになんか、不思議と断りにくくて……」

「それで連れてきたんですの？」

「ここならそのうちフェリシア様も来るから確実かなと。それにテオドールさん、話してみると気さくで良《い》い方ですし、大丈夫《だいじょうぶ》かなって。でもやっぱり、まずかった、ですかね？」

そう訊《たず》ねる顔は不安げだ。たとえばフェリシアが騎士《きし》や文官であったなら、ここは怒《おこ》るところなのだろう。

けれど、今の彼女は知的好奇心《こうきしん》に囚《とら》われた、いち研究員である。

「まずいはずがないわ。むしろあなたは英雄《えいゆう》よ！」

「え？」

すると、呆気《あっけ》にとられた彼の後ろから、何もわかっていなそうな、嬉《うれ》しそうな顔を携《たずさ》えたテオドールがひょっこりと顔を出してきた。

「というわけで、リンデン卿こそが、わたくしに例の薬草をくれた救世主なのです！」

おお～！　とチームの皆《みな》が拍手《はくしゅ》する中、囲まれたテオドールだけが状況《じょうきょう》を把握《はあく》できずにきょろきょろとしていた。

それも当然だろう。フェリシアに会いに来ただけなのに、なぜか研究室の人間から歓迎《かんげい》を受け、期待の眼差《まなざ》しで見られているのだから。

「いや～本当に長かった。これでようやく、本物が作れるってことだよな！」

「聖女様でも浄化《じょうか》できない魔物《まもの》の瘴気《しょうき》を浄化できるなんて、早くこの目で見てみたいです。これで動物たちも無闇《むやみ》に殺さなくて済みますし、もしかしたら私たちも聖女様って呼ばれたりして！」

「いやいや、それはさすがにないって〜」

わははっ。と場は完全に祝賀ムードである。今日は診察《しんさつ》日のため、この場にダレンがいないことが悔《く》やまれる。

何はともあれ、フェリシアもその事実には心を躍《おど》らせた。これでやっと薬が完成するのだ。浮《う》かれないほうが無理である。魔物への投与《とうよ》方法など、問題はまだ残っているが、その問題だって薬が出来上がらなければ問題にすらならないのだから。

「――で？」

祝賀ムードをやめた一同が、一斉《いっせい》にテオドールへ視線をやった。

四方八方から見つめられた彼は、やはりまだ、困惑《こんわく》の中にいる。

そこに救いの手を差し伸《の》べるように、フェリシアが優《やさ》しく訊ねた。

「さあ、リンデン卿。あなたに教えてほしいことがあるの。昔、私に珍《めずら》しい薬草をくれたわよね？　白い花が連なってる、あれ、どこから調達してきたか、私たちに教えてくれるかしら？」

「え？」

反応の鈍《にぶ》いテオドールに焦《じ》れるように、フェリシアはさらに言い募《つの》る。

「ほら、たまに来てくれたときに、一緒《いっしょ》に植物《おみやげ》を持ってきてくれたでしょ？」

「ああ、うん。そうだね」

「その中に、こう、下向きに咲《さ》いてる花があったじゃない。あれ、どこで手に入れてたの？」

「下向きに？　すずらんじゃなくて？」

「じゃなくて！」

うーん、うーん、と頭を悩《なや》ませるテオドールに、一同から微妙《びみょう》な空気が流れ始める。

これはまさか。まさかだが。

「もしかしておぬし、忘れたのかのう？」

今まで静観していたドミニクが、ド直球に突っ込んだ。

「うーん、下向きに咲く白い花でしょ？　連なってるんだよね？」

うんうん。皆でそうだと頷《うなず》く。

すずらんでないことは、フェリシアたちだって実証済みだ。

「ん～……ごめん、覚えてないや！」

「「覚えてない!?」」

どういうことだと、散々メンバーが詰め寄った結果。

曰《いわ》く、テオドールはただフェリシアに喜んでもらいたくて、珍しいと言われる植物を片っ端《ぱし》から贈っていたとか。

「それなら名前くらい覚えててくださいよ～っ」

「うっ。だって、言い訳じゃないけど、結構種類が多くて……。でも喜んでほしかったから」

「もーっ、なんか健気《けなげ》すぎて責められないんですけど！」

「しかも可哀想《かわいそう》なことに……」

メンバー全員の視線が、今度はフェリシアに移動する。そこには呆《あき》れ、同情、哀《あわ》れみ等々、フェリシアを責めるような色が滲《にじ》んでいる。

「なんでそんな目で見てきますの!? 仕方ないじゃない！ わたくしも、まさかリンデン卿が植物に興味ないなんて思ってなかったんですもの！」

「そっち!?」

そっちだろうがこっちだろうが関係ない。こんな悲しい話があるだろうかと、フェリシアは両手で顔を覆《おお》った。

だって、それならじゃあ、いつも楽しそうにフェリシアの話を聞いてくれていたテオドールは、なんだったと言うのだ。

彼のほうが年上ではあるものの、仔犬《こいぬ》のようにつぶらな瞳《ひとみ》を向けられてフェリシアが舞《ま》い上がらないはずがなかった。喜ばないわけがなかった。

――こんな身近に仲間がいたなんて！

ずっと、植物好きの仲間だと思っていたのに。

「つまりリンデン卿は、一生懸命《いっしょうけんめい》植物について語っていたわたくしを、馬鹿《ばか》にしていたってこと？」

つい恨《うら》みがましい声が出る。仲間に裏切られた気分だ。

「違《ちが》うよフェリシア！　それは酷《ひど》い誤解だ。僕はね、楽しそうに話す君に、その、見惚《みと》れてたっていうか」

「お世辞はいいわ」

「お世辞じゃないから！」

「じゃあ言い訳ね？　お姉様や妹に見惚れるならわかるけど、わたくしに見惚れる殿方《とのがた》なんていないもの」

「なんでそうなるの⁉」

　フェリシアは、振《ふ》り出しに戻《もど》った現実に、はぁとため息を吐《つ》いた。持ってきてくれた本人なら、たとえ名前を忘れていたとしても、せめてどこで調達したかくらいは知っているだろうと思ったのに。植物に興味がなかったのなら、なるほど、名前も覚えられないはずである。

　フェリシア同様、テオドールまで項垂《うなだ》れていた。

「まあ元気出せよ」

「大丈夫ですって。リンデンさんなら、きっと他《ほか》に好《い》い人が見つかりますから」

　フェリシアは、この状況に眉根《まゆね》を寄せる。なぜチームメンバーたちはフェリシアではなく、テオドールを慰《なぐさ》めているのだろう。それも、よしよしと仔犬をあやすように宥《なだ》めているのは、おかしくないだろうか。

「む、昔からっ、そうなんだ。全然、何を言っても、信じてもらえなくて。綺麗《きれい》だって言っても、近くに咲いてる花のことだと思われるし。かわいいって言っても、よく一緒にいる鷹《たか》のことだと思われるし。好きだって言っても、私も毒草と薬草は好きよって返されるし。なんか話が噛《か》み合ってないときもあるし……！」

「そんな鈍感《どんかん》そうには見えないんですけどねぇ」

「いやいや。ああ見えて王女さん、鈍感っすよ。んで、生粋《きっすい》の植物馬鹿ってやつ？」

「なっ。失礼な！　彼女は馬鹿じゃ——って誰《だれ》!?」

突然《とつぜん》話に割り込んできた第三者の登場に、テオドールが大袈裟《おおげさ》なくらい後ずさった。相変わらず神出鬼没《しんしゅつきぼつ》な男である。

「ちょっとゲイル、聞こえてたわよ。誰が植物馬鹿ですって？　事実だけどもうちょっとマシなあだ名をつけてちょうだい」

「あ、認めはするんですね」

そりゃあ植物に関しては事実、生きがいと言ってもいいほど夢中になっているのだから、そこは否定しない。

「それよりあなた、出てきて大丈夫《だいじょうぶ》なの？　ウィリアム殿下《でんか》に忠告されてなかった？」

「今は大丈夫じゃないっすかねぇ。だってほら、王女さんの騎士《きし》もいないし」

「そういえば確かにライラがいないわ。どこに行ったか知ってるの？」

薬草の正体が判明しなかったことにショックを受けすぎて、そんなことに今気がつく。

あの嫌《いや》がらせ事件以降、フェリシアの侍女《じじょ》は皆いなくなり、残った顔見知りはライラだけとなった。結局新しい侍女はフェリシア自身が拒《こば》んだため、今一番そばにいるのはライラだ。

その彼女がいなくなると、ちょっとだけ心許《こころもと》ない。

「王女さんの騎士ならそろそろ戻ってくると思いますよ。人を呼びに行っただけなんで」

「人を？」

誰を？　訊《たず》ねる前に、テオドールに名前を呼ばれた。

「あの、フェリシアっ」

彼の背後には、なぜか好奇心《こうきしん》を剝《む》き出しにしたメンバーが揃《そろ》っている。

頑張《がんば》れ、と聞こえてきて、何を頑張るのだろうと気を取られていたら、隙《すき》を突《つ》くように手を握《にぎ》られた。

「今日こそはちゃんと聞いてほしい。僕はね、君に会いたくてずっと君の許《もと》に遊びに行っていたんだ。君はいつも明るくて、素直《すなお》で、楽しそうで。そんな君を見ていたくて、君の気を引きたくて、君の好きな植物に頼《たよ》ってたんだ。でもそんな卑怯《ひきょう》なことをするからいつまで経《た》っても君が僕を見てくれないんだと思って、一人前の男になるために留学だってした。……ねぇ、なのに僕は、まだだめかな？　あの悪魔《あくま》とは、陛下の命令で仕方なく一緒にいるんでしょ？　それなら僕と帰ろうよ。大丈夫、心配しなくても、陛下は僕が説得してみせるから」

「リンデン卿《きょう》……」

　ぺたんと垂れ下がる仔犬の耳と尻尾《しっぽ》が見える。年上の男の人なのに、この掻《か》き立てられる庇《ひ》護欲《ごよく》はなんなのだろう。

　思わず頭を撫《な》でたくなっていたら、ふわっと覚えのある香《かお》りが鼻を通った。シトラスのように爽《さわ》やかで、なのにどこか甘く、ほろ苦い、この香りは——。

「純粋《きれい》なだけの想《おも》いなら、不用意に触《さわ》るなと言ったのに。困るな、我が国で勝手をされるのは」

「殿下！」

　ウィリアムが視界を遮《さえぎ》るように現れる。あっという間にテオドールからフェリシアの手を奪《うば》い返すと、彼はそのままフェリシアの腰《こし》を自分の許に引き寄せた。

　まるでダンスを踊《おど》るように。華麗《かれい》に、優雅《ゆうが》に。流れるようにテオドールから引き離《はな》されて、フェリシアは内心で感服した。

　ダレンから引き離されたときも、彼の手際《てぎわ》は見事だった。

（もしかしてウィルって、結構戦える？）

　彼の動きは、前世のドラマや漫画《まんが》などで見た戦闘《せんとう》シーンによく似ている。それに、どう見ても頭脳派のくせに、抱《だ》きしめてくる腕《うで》は逞《たくま》しく、力強い。中性的な美貌《びぼう》の彼からは想像もつかないから、その意外性に顔が熱くなる。

「出たな、悪魔め……っ。なんであなたがここにいる！」

「それはこちらのセリフだよ。まあ、質問に答えるとしたら、私には優秀《ゆうしゅう》な部下がいるからね」

そこでフェリシアは、いつのまにかいなくなっていたライラの姿を見つけた。なるほど、彼女が呼びに行ったのかと納得《なっとく》する。

(でも、なんでわざわざウィルを？　何かあったのかしら)

彼は公務で忙《いそが》しい。最近は特にそうだ。そんな彼が少しとはいえ前髪《まえがみ》を乱すほど焦《あせ》る何かが、きっと起こったのだろう。

フェリシアに心当たりはないけれど、テオドールに冷笑《いかり》を向けているところを見るに、そこにヒントがありそうだ。

しかし、フェリシアがウィリアムの袖《そで》を引くよりも、テオドールの怒声《どせい》が響《ひび》くほうが早かった。

「フェリシア、やっぱり君は一度目を覚ますべきだ。彼を見てよ、今にも頭から角が生えてきそうな悪魔じゃないか！」

テオドールが真剣《しんけん》に訴《うった》える横で、ゲイルが腹を抱《かか》えて吹《ふ》き出した。そんなゲイルを責めるように一瞥《いちべつ》したが、フェリシアも怖《こわ》いもの見たさでウィリアムの顔を覗《のぞ》き込んでみると。

――にっこり。

役者顔負けの美貌と演技がそこにはあった。切り替《か》えの早さに恐《おそ》れ入る。

(でも悔《くや》しいけど、やっぱりどんな顔もかっこいいのよ！)

なにせ、乙女《おとめ》ゲームのメインヒーローなので。

「おい！　なんでフェリシアのときだけ変えるんだ卑怯者！　フェリシア、騙《だま》されちゃだめだ。そこの悪魔はね、君を大国の姫君《ひめぎみ》としてしか見てないんだよ。君を愛してるわけじゃなかったんだ。利用しようとしてるだけなんだよ！」

「え？」

つい驚《おどろ》きが口から出る。けれどそれは、テオドールの期待するようなことが要因ではない。それは呆《あき》れに近いもので、テオドールではなく、ウィリアムに向けたものだった。

「殿下、リンデン卿に何か言いましたわね？」

ジト目で彼を見上げる。まさか試《ため》されているのだろうかと勘《かん》ぐりたくなるほど、テオドールの言ったことはフェリシアにとってありえないことだった。

「言ったって、何を？　彼が言ったように、私が君を利用しているって？　だとしたら、君はどうする？」

「もうっ、そうやって試さないでください」

反抗《はんこう》の意思を見せるように、フェリシアは腰に回る彼の手を叩《たた》いた。

彼の腕の中から逃《に》げると、テオドールの前にどんと立つ。

「リンデン卿、これからわたくしが言うことをよ～く聞いて。そして殿下じゃなく、わたくしの言うことを信じて。いいわね？」

「えっと、そりゃあもちろん、君のほうを信じるけど」

「言ったわね。約束よ。あのね、ウィリアム殿下に何を言われたか知らないけど、わたくしは最初から知ってたわ、これが政略的なものだって」

フェリシア・エマーレンスは、大国の第二王女だ。そうでないほうがおかしい身分なのだ。

「でもそれだけじゃないってことも、最近はちゃんと解《わか》っているの」

たとえきっかけがそうだったとしても、今はそれだけではないと。

そして最近思うのは、もしかすると、彼は最初から利用するためだけにフェリシアを選んだわけじゃないのかもしれないということ。

どちらにしろ、フェリシアはもう今のウィリアムを疑うつもりはない。

「だって、今わたくしの目の前にいる殿下こそが、わたくしの真実だから。疑って、悩《なや》んで、自分を邪魔《じゃま》者《もの》だと思い込み、彼から逃げる時期《とき》は終わった。逃げる時期は、もうとっくに終わったわ」

それは、乙女ゲームのエンディングを迎《むか》えたからではない。今フェリシアの目の前にいる現実のウィリアムが、逃げる必要はないのだと信じさせてくれたからだ。

フェリシアは、決して〝邪魔者〟ではないのだと。

少なくともウィリアムにとっては、必要な人間なのだと。

「なのに、どうして殿下はそう悪役みたいなことを仰《おっしゃ》るんですの？　本当、よくわからない人――ってちょっと、殿下!?」

急に彼が、首元に顔を埋《うず》めてきた。慌《あわ》てるフェリシアをよそに、ウィリアムは甘えるように額をこすりつけてくる。

こんなふうに本気で甘えてくる彼は、フェリシアも初めてだ。いや、正確には、人前で。二人きりのときならたまにあったけれど、さすがに王太子としての面目《めんぼく》があるのか、彼が人前でこんな甘え方をするのは初めてだった。

「あの、ウィル？」

だから、「大丈夫《だいじょうぶ》？」とそんな意味を込めて、小声で名前を呼んだ。それほど疲《つか》れているのかもしれないと心配になって。

「……きだよ」

「え？」

吐息《といき》が肌《はだ》をくすぐる。首元で彼が何かを囁《ささや》いた。

でも掠《かす》れていたせいで、全《すべ》てを聞き取れなくて。

顔を上げたウィリアムは、一瞬《いっしゅん》、ほんの一瞬だけ、どこかで見たことのある泣き笑いのような表情《かお》をした。

けれど、すぐにいつもの自分を取り戻《もど》して。

「ライラ、悪いけれど後は任せる。ゲイル、おまえは私と一緒《いっしょ》においで」

フェリシアが声をかける前に、指示を出したウィリアムは素早く部屋を出て行ってしまう。

後を追うべきか悩み、思いとどまる。

一緒に来てほしいなら、彼はきっとそう言った。なら、今は違《ちが》うのだろう。

遠くなっていく広い背中を、フェリシアは見えなくなるまで見つめ続けた。


あの背中が、忘れられない。

(まるで、どこか遠くに行っちゃうみたいな)

静かな図書館の中、フェリシアはぱらり、ぱらりとページをめくっている。が、そのほとんどが頭に入ってこない。

これまでに思いついた正体不明の薬草の代わりとなるものを試すのも尽《つ》きたため、今は気分転換《てんかん》がてら、皆《みな》で図書館に来ていた。フェリシアは、ドミニクと共に正体不明の薬草探しを担当している。そして他《ほか》のメンバーが代替品《だいたいひん》となり得る薬草を探してくれていた。

(そんなはずないって、思いたいところだけど)

思えないのは。不安が、雷雲《らいうん》のようにもくもくと広がっていくのは。

(乙女ゲームの、死亡ルートのせいね)

ヒロインでさえ、攻略《こうりゃく》対象者でさえ、死の運命に魅入《みい》られる。

フェリシアは最初に追加エピソードを思い出してからというもの、何度となく前世を思い出そうとした。

　でも思い出そうとすればするほど、別の嫌《いや》な記憶《きおく》が蘇《よみがえ》る。

『お、ねえ、さ……っ？』

　幼い頃《ころ》。母を亡《な》くし、独りぼっちになったあと。

『あ……ぅえっ』

　寂《さび》しかった。だから、仲が良《い》いとは言えない姉に誘《さそ》われたお茶会に、無邪気《むじゃき》に参加してしまった。二人だけのお茶会に、なんの疑問も抱《いだ》かなかった。

『な……んで……っ』

　視界が揺《ゆ》れ、絨毯《じゅうたん》が映り、自分が倒《たお》れたとわかったのは、姉が自分を見下ろすように凍《こご》える瞳《ひとみ》で名前を呼んだからだ。

『あんたがいけないのよ、フェリシア。あんたが……を奪《うば》うから』

　手足の先から震《ふる》えがきて、呼吸もなんだか苦しくなってくる。毒を盛られた、と理解するのに、そう時間はかからなかった。

　何より衝撃《しょうげき》だったのは、姉が毒を盛るほど自分を憎《にく》んでいたという事実。それまでも怒鳴《どな》られたり、八つ当たりをされたことはあったけれど、まさか殺したいほどだったなんて考えもしなかったのだ。

苦しみもがく自分を、姉が真っ赤な唇《くちびる》を歪《ゆが》ませながら眺《なが》めている。それを見て、フェリシアは〝だめだ〟と思った。

だめだ。ここにいちゃいけない。早く逃げなくては。

必死に床《ゆか》を這《は》って。重い身体《からだ》を引きずって。逃げて。逃げて。とにかく逃げて。

次に目を覚ましたとき、窓から見えた、青い空が。

どこまでも遠く、高く、澄《す》み渡《わた》っていて。

——ああ、生きてる。

よくわからない感情に、声を上げて泣いた。

鼻が詰《つ》まって苦しくても。泣きすぎて喉《のど》がひりひりしても。

全ては生きているから、感じることのできる痛みなのだと。

あの、絶望と希望を、同時に思い出す。

（お姉様が外国に嫁《とつ》ぐとき、最後くらい、何か仕返しをしておけばよかったわ）

だから、過去を思い出して手が震えるのは、きっとその後悔《こうかい》のせいだろう。

（今はそんなことよりも、薬草と、ウィルとサラ様の死亡ルートよ）

特に差し迫《せま》った一番の問題は、二人の死亡ルートである。

ただ、サラの死亡を回避《かいひ》するのは、おそらく容易《たやす》いだろうとフェリシアは思う。

なにせヒロインだ。ゲームを制作した運営側も、そこまで鬼《おに》ではなかったらしい。ヒロインは自分が選んだお相手と順調に愛を育《はぐく》んでいけば、まず死ぬことはない。

（その点、フレデリク様はあれよね、箍《たが》が外れたように過保護《できあい》の鬼と化しているらしいから、心配なさそうね）

厄介《やっかい》なのは、ウィリアムの死亡ルートである。彼の場合はヒロインに恋《こい》のお相手として選ばれなかったときに、黒幕との対決において魔物《まもの》からヒロインを庇《かば》って死んでしまう。

そこまでは思い出せるのだが、どうやらフェリシアは前世と今世の記憶の整理がうまくないらしく、問題の黒幕を思い出そうとするとその度《たび》に違う記憶が混ざって出てきた。

前なんかは、アイゼンが登場していた。

（まあお兄様が黒幕だったら、手っ取り早くていいのかもしれないけど）

これまでの鬱憤《うっぷん》を、ついでに晴らせそうで。

でも残念ながら、アイゼンは黒幕ではない。黒幕のように魔物と関《かか》わり合いになんてなろうとしない。メリットが何もないからだ。

逆に言えば、メリットがあるから黒幕は魔物と共にいた。いや、共にいたという表現が正しいのかはわからないが――なぜなら魔物に知性はない――とにかく、この黒幕事件が必ず起こることは間違いないのだ。

（魔物を倒さないことに、メリットのある人……って、いるの？　そんな人）

フェリシアにはデメリットしか浮《う》かばない。

たとえば、聖女を消したい人だろうか。

（そっちもいる気がしないわ。もうっ、どうしたら記憶って取り戻せるのよ！）

「フェリシア、フェリシア」

名前を呼ばれて、フェリシアは一度思考をストップする。

「どうしたの？　リンデン卿《きょう》」

ウィリアムの注意もなんのその。テオドールは、空いた時間を見つけてはフェリシアの許《もと》にやって来た。

一度「仕事は大丈夫なの？」と訊《き》いてみたら、「友人作りのこと？　それなら大丈夫。ここの宰相補佐《さいしょうほさ》官の紹介《しょうかい》で、いっぱいできたよ」と返ってきたのが恐《おそ》ろしい。

いったいどこでどんな友人を作ってきたのか。

そういえば誰《だれ》とでも友人になれるのが、この従兄《いとこ》の長所だったことを思い出す。

そしてそれを利用するのが朝飯前だった異母兄《アイゼン》のことまで思い出してしまい、フェリシアは考えるのを放棄《ほうき》した。

ともあれ、理由をつけて拒絶《きょぜつ》しようとするも失敗。

さらには仔《こ》犬《いぬ》の眼差《まなざ》しでやって来るため、強く出られなくて困っている。

これを狙《ねら》ってやっているなら冷たくもできるのに、テオドールには裏がない。今だって、薬草探しを手伝ってくれている。彼には何の得もないのに、だ。

『だって、僕が覚えてればもっと簡単な話だったんでしょ？　だから手伝うくらいするよ』

ここまで純粋《じゅんすい》だと、フェリシアは逆に息苦しくなってしまう。罪悪感が半端《はんぱ》ない。

「ねぇ、これは？　僕が持っていった中に、確かこんな感じのものがあったと思うんだけど」

「ええ、あったわ」

見せられた資料に書かれていたのは、立派に伸《の》びた一本の茎《くき》の先から、すらりと長いいくつもの花びらを咲《さ》かせた彼岸花の仲間だった。

「ハナシちゃ……じゃなくて、白花曼珠沙華《しろばなまんじゅしゃげ》ね。姿が似てるから、珍《めずら》しい白い彼岸花だと勘違《かんちが》いして持ってきてくれたわ」

ハナシちゃん、とフェリシアが呼んでいたそれ。花が咲く間、葉がつかないから葉無しちゃん、だ。

二つは近縁《きんえん》種ではあるものの、別の種類の植物である。

といっても、薬にも毒にもなるそれに、フェリシアが大いに喜んだことは間違いない。が。

「知ってるってことは、違うのかぁ」

そう。残念だがそのとおりだ。そもそも白花曼珠沙華の花は下向きに咲いていないし、連なってもいない。

「残念じゃのぅ。彼岸花ならある意味正解じゃったのに。まあこれでも見て元気を出すとよいぞい。叫《さけ》び声を聞いたら死ぬと有名なマンドラゴラ——きゃー！」

「ぎゃーっ！」

ドミニクがわざとらしく悲鳴を上げれば、それに驚《おどろ》いたのか、はたまたマンドラゴラ自体に恐怖《きょうふ》したのか、テオドールが腰《こし》を抜《ぬ》かした。ドミニクはひゃっひゃっひゃと笑っている。

本当に、この悪戯《いたずら》好きの老人をどうしてくれよう。

（これさえなければ優秀《ゆうしゅう》な方なのに……）

なにせ、フェリシアが作り方を公開する前から、一粒《ひとつぶ》だけ残っていたサンプルのみでその材料の大半を当てたような人なのだ。

（優秀な人って、どうしてこう変人が多いのかしら）

偏見《へんけん》というには、フェリシアの周りにはその例が多すぎた。

文字を追いかけ続け、三時間。

さすがに疲《つか》れたフェリシアは、休憩《きゅうけい》を取ることにした。メンバーに声をかけ、ライラを伴《ともな》ってある場所へと向かう。

そこは、ウィリアムがフェリシアのために造ってくれた、小さな野草園。

（久しぶりね、ここに来るのは）

　それでも雑草が伸び放題になっていないのは、ウィリアムが庭師《ガーデナー》を手配してくれていたからだと知っている。

（気になって、毎日様子だけは見てたから）

　太陽の匂《にお》いに混じって、土と、植物の青くさい匂いがした。鼻いっぱいに息を吸う。

（ああ、癒《いや》される。やっぱり私、好きなんだなぁ）

　植物もそうだけれど、ウィリアムのことも。

　彼が周囲の声を気にする必要はないと言ってくれて、それだけでもうフェリシアの胸は感動でいっぱいだった。なのに、この野草園を使うことまで、彼は許してくれた。

（どうやったら返せるのかしらね）

　この感謝を。この想《おも》いを。

　やっぱり一番は、彼を死なせないことだろうか。

　そのためには、嫌《いや》な過去に足踏《あしぶ》みしている場合ではない。

（そうよ。どんどん思い出していこうじゃないの。いつまでもお姉様の影《かげ》に怯《おび》えるなんて、なんだか癪《しゃく》だわ）

　気合いを入れるため、ぱんっと両手で頬《ほほ》を叩《たた》く。

「ひっ」

　すると、どこからか小さな悲鳴が上がった。ライラと顔を見合わせる。声がした方へと視線を移せば、低木の陰《かげ》から黒色の布地が見えた。そっと近づいてみると。

「ひぁっ、きゃ――!!」

突如《とつじょ》現れたフェリシアを恐れるように、陰の中にいた人物が甲高《かんだか》い声で叫ぶ。

フェリシアが咄嗟《とつさ》に耳を塞《ふさ》ぐ一方、ライラは主人を守るように前に出た。そのまま腰に佩《は》いた剣《けん》の柄《つか》に手をかけるから、

「待ってライラ!」

フェリシアは慌《あわ》てて止める。

「けっ、けけ剣!? ぎゃーっ」

「落ち着いて! 何もしないから落ち着いてくださいませっ」

とにかく叫び声が耳に痛い。

元は可愛《かわい》らしいソプラノなのだろう。そのせいで、悲鳴は金属を切るような音となっている。

「大丈夫《だいじょうぶ》、大丈夫ですわ。本当に何もしませんから。あなたも驚きましたよね? わたくしたちも驚いただけですの。彼女はわたくしの騎士《きし》ですから、乱暴はしません。ね?」

とにかく相手を落ち着かせようと、フェリシアは宥《なだ》めるように言った。

ライラもできた騎士で、フェリシアの言葉を信じさせるため、自ら一歩下がる。

「初めまして、わたくしはフェリシア。フェリシア・エマーレンスですわ。控《ひか》えているのが騎士のライラ。さあ、あなたの名前を教えて?」

安心させるため、にこ、と微笑《ほほえ》むと。

「はぅっ!?」

今度はなぜか胸を押さえてうずくまられてしまった。

もしかして体調でも悪いのかと、近寄ったフェリシアの耳に。

「……くしい……っ」

「はい？」

恍惚《こうこつ》と呟《つぶや》く声が届いた。

「なんて美しい方でしょう！　今、私は後光を見ました！　あなたは哀《あわ》れな私を救済に来た女《め》神《がみ》様でしょうか!?」

「女神様!?」

なんだかとんでもない勘違いをされている。

「女神様でなければ天女《てんにょ》様ですね!?　太陽に輝《かがや》く金の髪《かみ》といい、日に透《す》ける木漏《こも》れ日の如《ごと》く優《やさ》しい緑の瞳《ひとみ》といい、人とは思えない美しさに私の心はノックアウトです！　ああ神様、やはりあなたは慈悲《じひ》深かった。こんな私の許《もと》にも天使様を遣《つか》わしてくださるなんて……ここは天国ですか!?」

彼女が両目をカッと見開く。

フェリシアは、一周回って冷静に突《つ》っ込んでいた。

「いえ、違うわね」

「そう、違う……——え、違う？」

こくり。はっきりと頷《うなず》いた。

「あ、うそ……っ。いやぁあああ!!」

「えぇ!?」

すると、マシンガントークの次は脱兎《だっと》の如く逃《に》げられた。

「ごめんなさいごめんなさいごめんなさいっ」

「あの、そんなに謝らなくて大丈夫よ？」

「ひっ。ごごごめんなさい、ごめんなさい……！」

マシンガンはどこへやら。低木の陰で頭隠《かく》して尻《しり》隠さずを体現している彼女は、さっきとは別人のようだ。

全身を震《ふる》わせて、怯えるように目を瞑《つむ》って。

地味な黒色のドレス。所々汚《よご》れている、白いエプロン。白いキャップ。

最初にひと目見たときから、彼女がメイドであることはわかっていた。

「あなたは、何を担当しているメイド？」

「ふえっ」

びくうっ、と肩《かた》が大きく跳《は》ねる。フェリシアは構わず続けた。

「もしかして、休憩中かしら？　わたくしもね、実は今、休憩中なの」

彼女はそんなフェリシアを、おずおずと見返してくる。

「ここ、いいところでしょう？」

よいしょ、とフェリシアも座った。土の上に。もちろんハンカチは敷《し》いたけれど、ライラは目を瞠《みは》っている。

今日は珍しい日だ。ライラの〝無〟以外の表情は、実は結構貴重だから。

そよ風が、優しく髪を撫《な》でていく。

「今日はいい天気ね」

空は海よりも青く、雲がないからか、どこまでも遠く感じる晴天だ。

「こんな日は、こうして外で休憩したくなるわよね。だってこんないい天気なら、悩《なや》みも吹《ふ》き飛びそうじゃない？」

さわさわと木の葉が揺《ゆ》れている。遠くで鳥が囀《さえず》っている。

見上げれば、やっぱり一面の空があって、その広大さに自分のちっぽけさを知る。そうすれば、大抵《たいてい》の悩みがこの空の下の自分のように、案外ちっぽけなものだと気づかされる。

フェリシアは、その瞬間《しゅんかん》が好きだ。狭《せま》いところで閉じこもっていた気持ちが、パッと晴れるから。

「ねぇ、可愛らしいメイドさん。わたくしの悩みを聞いてくださるかしら？」

「……え？」

ここでようやく彼女が反応してくれた。小さな声だったけれど、確かに応《こた》えてくれた。それがなんとなく嬉《うれ》しくて、そのまま続ける。

「わたくしにはね、大切な人がいるんだけど、その人が近々殺さ……じゃなくて、遠くに行っちゃうかもしれないの。どうにかして引き留めたいんだけど、どう引き留めればいいのかわからないのよ。あなたならこんなとき、どうする？」

このときのフェリシアは、正直に言うと、本気で回答を求めて訊《たず》ねたわけじゃなかった。ただ気晴らしにこぼしただけだった。彼女は、フェリシアとウィリアムのことを知らないから。知らない相手にこそ、こぼせる悩みというものがある。

「えっと、どうしても、引き留めたいんですか？　一緒《いっしょ》に、ついて行くとかは……？」

「それはできない……というより、しないわね」

生きることがどんなに尊いことか知っているフェリシアは、自ら命を絶とうとは思わない。何が原因であれ、もし彼が死んでしまったとき、その後を追うのは単なる自己満足でしかないと知っているからだ。

どうやら彼女は、質問の答えを真剣《しんけん》に考えてくれているらしい。難しい顔をしているものだから、フェリシアはだんだん申し訳なくなってきた。

話題を変えようかと口を開きかけたとき。

「……じゃあ、そう言ってみるのは、どうですか？」

「え？」

「えと、正直に、行かないでって。あ、それとももしかして、もう言ってましたか？」

だったらすみませんっ、と恐縮《きょうしゅく》する彼女に、フェリシアは意表を突かれた思いだった。

そういえば言っていない。そんなこと。だって前世のことをどう説明すればいいのか、わからなくて。

（でも、そう、そうね。言っても、いいのかしら）

前世のことではなく、行かないでと、何があっても死なないでと、そんなひと言を。

彼の死亡ルートは、聖女を庇《かば》って死ぬ。なら、誰《だれ》かのために死なないでと。

欲《よく》を言えば、彼自身のために、そして、私のために生きて——と。

「ああ、そうね、そうよ。それくらい言ってもいいわよね？　すごいわ。あなた、とっても良《い》いことを言うのね！」

「え、そう、ですか？」

自覚がないのか、彼女は臆病《おくびょう》なたぬきのようにおろおろとしている。ちょっとかわいい。

でも困らせたままというのも悪いだろう。

「ごめんなさい。あなたのおかげで霧《きり》が晴れたような気がしたから、つい嬉しくなっちゃって」

「でも私、そんな大層なこと……」

「言ったのよ。だからありがとう。たまには誰かに話してみるのもいいわね。——というわけだから、今度はあなたの番よ。あなたは何に悩んでるの？」

彼女がおっかなびっくりとフェリシアを見る。なんでそれを、と顔に書いてある。

フェリシアは困ったように笑った。

赤く腫《は》れた目。裾《すそ》だけ色の濃《こ》いお仕着せ。必要以上に汚れているエプロン。

なんでも何も、これでわからないほうが難しいと思う。腫れた目は泣いていたからで、裾だけ濃いのは濡《ぬ》れた証《あかし》で、それが汚水《おすい》だったのだろうと茶色に汚れたエプロンが教えてくれている。

だからフェリシアは、彼女の隣《となり》に座ったのだ。放《ほう》っておけなくて。

「大丈夫《だいじょうぶ》、怖《こわ》がることはないわ。それに、あなたはわたくしの悩みを聞いてくれたでしょ？なら今度はわたくしが聞く番だもの。遠慮《えんりょ》しなくていいわ、えーと……」

「あっ。ジェシカです。ジェシカ・トールマンと申しますっ」

「トールマン……確か、男爵《だんしゃく》家の？」

「は、はい」

フェリシアは、自分の勉強の成果に満足しながら頷いた。

「そう、ジェシカね。ではジェシカ、この際だから、ぶちまけちゃわない？」

「で、でも」

口を開いたり閉じたりと、ジェシカはなかなか続きを言わない。

人見知りなのだろうか。それにしては、最初のマシンガントークは強烈《きょうれつ》だったが。

（うーん。このまま待ってたら時間切れになりそうね。よし、わかったわ）

一人決意したフェリシアは、すっくと立ち上がった。

「じゃあ代わりに、悩みなんて考えられないほど素《す》敵《てき》なことを教えてあげる。立って」

「ええっ」

「ほらほら、早く」

ジェシカの腕《うで》をとり、立ち上がらせる。

本当はそっとしておいてあげる選択肢《せんたくし》もあった。けれどそうしなかったのは、たぶん、昔の自分を重ねたからだ。一人陰《かげ》に隠《かく》れて泣いていた、昔の自分を。

姉に毒を盛られ、死を垣間《かいま》見《み》た。そこまで憎《にく》まれていた事実を思い知らされ、なぜ自分が生きているのかがわからなくなった、あの日。

見上げた空が、あまりに綺麗《きれい》で。どこまでも広く穏《おだ》やかで。

ふと、思ったのだ。

――ああ、何があっても、結局世界は変わらないのね。

フェリシアがこんな目に遭《あ》っても、空は変わらない。綺麗なまま、変わらずそこに在り続けて、消えることはない。

なら、これをもう見られなくなるのは、もったいないのではと。

鳥が天高く飛んでいる。

木々が風に揺れている。

日の光が漏《も》れて、葉陰《はかげ》もゆらゆらと揺れている。

木の根元に花が咲《さ》いていた。とても可愛《かわい》らしい花だ。名前は知らない。薄桃色《うすももいろ》で、細い茎《くき》だけを頼《たよ》りにして、風に煽《あお》られても、決して折れないよう踏《ふ》ん張っている。

儚《はかな》く、小さく、細くて頼りない、弱そうな存在なのに。

――それでも、頑張《がんば》って生きてるんだ。

その、尊さが。

フェリシアを救ったから。

「まずはこの子を見て！　あなたが隠れていた低木なんだけど、とても身近な子だから知ってるかしら？」

「えっと、アジサイ、ですよね？」

「正解よ！」

フェリシアはサイサイと呼んで可愛がっているが、今は措《お》いておこう。

「見事な青色でしょう？　アジサイはね、土の成分によって花の色を変えるの。赤色にもなれる子なのよ」

「なれる、ですか？」

「ええ。だから人が手を加えて、変身させてあげることもできるの。土の成分を変えてあげればね。赤もとても綺麗だけど、わたくしは青色のほうが好きかしら。あなたはどっちが好き？」

「私、は」

　ジェシカが俯《うつむ》く。視線は右に行ったり左に行ったり。忙《せわ》しない。

「そんなに怯《おび》えなくて大丈夫よ。好みは人それぞれだもの。たとえばあなたが赤を好きと言っても、わたくしは喜ぶだけよ？」

「よ、喜ぶんですかっ？」

　相当おかしかったのか、ジェシカの声が裏返った。

「ええ。だって、あなたの好みを知れるじゃない」

　みんな同じものを好きと言うほうが、フェリシアは気持ち悪いと思っている。

「わたくしはあなたの好きなものを訊《き》いてるの。他《ほか》の誰かじゃないわ。だからほら、ジェシカはどっちが好き？　それとも別の色かしら」

　他にある色と言えば、桃色《ももいろ》、白、紫《むらさき》、水色。色々ある。

　卵の殻《から》を細かく砕《くだ》いて撒《ま》けば、簡単に青色の花を赤く変えることもできるため、ジェシカの答えによっては一部を変えてみてもいいかもしれない。きっとこの場所が新鮮《しんせん》に映るだろう。

「……わ、たしは、その、赤が好き、です」

「そう！　じゃあ卵の殻を用意しないとね」

「へ？」

「ううん、こっちの話。気にしないで。それで、赤色のどんなところが好きかしら？」

「……ハッと、するんです。赤色を見ると。赤は、存在感が、強くて。鮮《あざ》やかですから」

「確かに、鮮やかな赤色はとても綺麗よね。強く惹《ひ》きつけられるもの」

「！　そ、そうなんです。赤は情熱の色で、愛の色とも知られています。燃え盛《さか》る炎《ほのお》のように鮮やかな色はまさに熱く愛し合う恋人《こいびと》たちの色で、互《たが》いが互いだけを想《おも》い合う絆《きずな》の深さといったら、ほんと、もう、美しい！　のひと言でして！」

　と、そこまで一気に言い終えてから、ジェシカが我《われ》に返った。面白《おもしろ》いくらい顔から血の気が引いていく。

「すすすみませっ。私、ほんと、いっつもこうで……！　綺麗なものが好きで、つい……本当にごめんなさい！」

　正直フェリシアは、なぜ謝られるのかがわからない。

　いつもこう、というのは、いきなりマシンガントークが始まることだろうか。

「ねぇジェシカ、あなたは悪いことなんてしてないんだから、謝らなくていいのよ？」

「でも私、気味悪いって……。また、言われたらって、怖くて……っ」

「……そう。それであなた、あんなに怯えてたのね」

ジェシカが口を閉《と》ざしてしまう。

フェリシアは、少し思案したあと、「アジサイはね」と先ほどの続きを口にした。

「乾《かん》燥《そう》させた花や葉を煎《せん》ずるとね、解《げ》熱《ねつ》に効く薬になるの。すごいでしょう？　花が綺麗なだけじゃないのよ。実用的なの。でも同時に、毒を持ってるわ」

「えっ」

「でも毒って、別に悪いものだけじゃないの。生き物によってはそれが自衛の手段にもなってるのよ。敵から身を守るために、毒を出して威《い》嚇《かく》するのよ。近づけば殺すぞ！　ってね」

「ひっ」

しまった。少し脅《おど》かしすぎてしまったようだ。フェリシアは咳払《せきばら》いをした。

「とにかく、そう思うと、少しは愛《いと》おしくならない？　この子はそうやって頑張って生きてるんだなって。闘《たたか》ってるんだなって。だからね、そんなところも含《ふく》めて、わたくしは毒が好きよ」

「へ？」

「わたくし、薬草ももちろんだけど、毒草も好きなの」

「ええっ」

「だからわたくしも、よく人から気味が悪いって言われるわ。でもね、さっきも言ったけど、好みは人それぞれだもの。みんな同じほうが気持ち悪いと思わない？　だからわたくしは自分の趣味《しゅみ》を恥《は》じたりしない。たとえ声を大にして言えなくても、恥じたりはしないの。それがわたくしの好きな——夢中になれることだから。だからジェシカも、せめて自分の中では認めてあげたらどうかしら。自分の好きなものを自分で否定して、我慢《がまん》するのは、とても辛《つら》いことだから……」

だってフェリシアがそうだった。ウィリアムに迷惑《めいわく》をかけるのが嫌《いや》で、好きなものを我慢した。けれど、結果はどうだ。心には隙間《すきま》風《かぜ》が冷たく吹《ふ》き荒《すさ》み、虚《むな》しさしか生まれなかった。

そんなフェリシアを助けてくれたのは、周りの声など気にするなと言ってくれたウィリアムだ。

ならば、同じように悩《なや》むジェシカには、自分が教えてあげたい。好きなものを無理に否定する必要はないのだと。

「思うにね、最悪、誰《だれ》かに迷惑をかけないなら何でもいいんじゃないかしら。だからって訳ではないけど、わたくし、自分以外に毒を盛ったことはないわよ」

えっへんと自慢《じまん》げに胸を張る。いや、普通《ふつう》は自分にも良くないのだが。

けれど姉に負けないためには、フェリシアは毒を身体《からだ》に慣らす必要があった。

「ふ、ふふ、ふふふ」

そこで初めて、ジェシカがたまらずといった体《てい》で声を漏らす。

「すごい。そんな、堂々と。だめなのに、笑っちゃう。ふふっ」

その、なるべく笑わないようにと抑《おさ》えた笑い方が——誰かと重なる。

「すみません。馬鹿《ばか》にしてるんじゃ、なくて。潔《いさぎよ》くてかっこいいなって。お嬢様《じょうさま》は、とてもお強い方なんですね」

重なる。

『それでも光を失わないなんて、君は強いね』

風になびく、柔《やわ》らかそうな黒髪《くろかみ》。感情を映さない暗い瞳《ひとみ》。

なのにその声は、どこか寂《さび》しげで。


「——フェリシア」


名前を呼ばれて、意識が現実に引き戻《もど》される。

頭の中で響《ひび》いたものとは違《ちが》う、ひだまりのように温かく、低い声。ウィリアムの声だ。

そう、声は、違うのに。

その抑揚《よくよう》が似ているような。

「窓から君が見えて、思わず来てしまったんだけど……」

そう言ったウィリアムが、フェリシアの隣《となり》にいるジェシカに視線を移した。

フェリシアは、朧《おぼろ》げに浮《う》かんだ記憶《きおく》を摑《つか》み取ろうと、彼に手を伸《の》ばして――

「お、お、男神様!?」

――摑み損《そこ》ねた。

「あああなんって神々《こうごう》しいのでしょう！　神の最高傑作《けっさく》が服を着て歩いてる!?　うわ、贅沢《ぜいたく》すぎる。そして美しすぎる。ここは楽園？　それともハーレム!?　もう何でもいい！　とりあえずこの存在を創ってくださった神様ありがとうございます!!」

一生ついて行きます！　とジェシカが勢いよく頭を下げる。額と膝《ひざ》がこんにちはを果たしているように見えるが、大丈夫《だいじょうぶ》だろうか。

数多《あまた》の修羅場《しゅらば》を潜《くぐ》り抜《ぬ》けてきたウィリアムも、これにはぽかんと口を開けていた。

「えっと、フェリシア？　彼女はいったい……」

ウィリアムの困惑《こんわく》した声で、やっとジェシカが理性を取り戻した。

「あ、やだ私、またやっ、ちゃ……――」

「ジェシカ！」

かわいい臆病《おくびょう》なたぬきは、そのままぱたりと気絶した。

ジェシカが目を覚ましたとき、その身体は大木に寄りかかっていた。

ちょうどブロッコリーのようにふさふさと生《お》い茂《しげ》る木の葉のおかげで、太陽は隠《かく》され、涼《すず》しい風が通っていく。

ここはどこだろう、とぼんやり思いながら周囲を見回せば、先ほどの場所から移動していないことを把《は》握《あく》した。

「目が覚めましたか」

「ひえっ」

突然《とつぜん》声をかけられて、ジェシカは奇声《きせい》を上げてしまう。いつものことだ。この挙動不審《ふしん》さも、仲間のメイドの癇《かん》に障《さわ》るらしい。

「えっと、あなたは、ライラ、さん？」

こくりと頷《うなず》かれて、間違わなかったことに安堵《あんど》する。

けれど、無表情の彼女が、ジェシカはなんとなく怖《こわ》かった。

「あの、私、どうして」

本当ならすぐにでも逃《に》げたいところだが、現状は理解しておきたい。無表情な騎士《きし》は無口でもあるのか、必要以上に喋《しゃべ》らないため、仕方なく自ら訊《き》く。

「気絶されたので、私がこちらまで運び、休ませておりました」

「すすすみません！　ご面倒《めんどう》を、おかけっ、して」

「気にしません」

それだけ言って、何を考えているかわからない騎士は、すっと視線を移動させる。

追いかければ、その先には、あまりの美しさに我を失った原因の女神《めがみ》と男神が仲睦《なかむつ》まじく笑い合っていた。

それだけで、ジェシカはわかってしまった。二人が互いを大切に想い合っていることを。

男神が優《やさ》しく目を細めて、女神の髪をすくっている。

女神は頬《ほほ》を淡《あわ》く染めて、それを恥ずかしそうに、けれど嬉《うれ》しそうに受け入れている。

——ああ、なんて尊いのだろう。

この光景は、自分のいつもの癖《くせ》で邪魔《じゃま》をしてはいけない。不思議とそう思った。

とても美しいのに、どこか儚《はかな》げで、奇跡《きせき》を見ているような。

「あのお二人は、婚約《こんやく》者さんなんですか？」

口をついて訊《たず》ねてしまったのは、そうだったらいいのにな、という願望のせいだ。

二人を見守っていた騎士が、ゆっくりとジェシカを振《ふ》り返る。その目と口が開いていた。

あ、驚《おどろ》くことはあるんだ、と頭の片隅《かたすみ》で思っていたら。

「それは、まあ。皆様《みなさま》ご存じのとおり、あちらにいらっしゃるのは我が国の王太子殿下《でんか》と、その婚約者フェリシア王女であらせられますから」

「……え？」

なんだって？

「あなたは、王宮《ここ》のメイドですよね？」

言外に、まさか知らなかったのか、と。そう言われた気がする。

「だ、だって私、最近、召《め》し上げられたばかり、でっ」

というのも、数か月前、王宮の侍女《じじょ》やメイド、その他使用人が急に何人も辞《や》める事態が起こったとかで、ジェシカはその補充《ほじゅう》要員として雇《やと》われたのだ。

また貧乏男爵《びんぼうだんしゃく》家出身のジェシカでは、自国とはいえ、王太子殿下のご尊顔を間近で拝する機会などほとんどなかった。

運良く王宮勤めができたけれど、きっと会うこともないだろうと、高を括《くく》っていて。

「あ、私これ、クビ決定……」

ジェシカが二度目の失神を起こしたことは、言うまでもない。

「あら？　ねぇライラ。今ジェシカ、目を覚ましてなかった？」

フェリシアはそれに気づいて戻ってきたのだが、当のジェシカは木の根元で横になっていた。

その目は固く閉《と》ざされ、心なしか表情は険しい。

ライラが淡々《たんたん》と答える。

「王太子殿下に恐《おそ》れ慄《おのの》き、二度目の失神を」

「私？」

全く身に覚えがないのだろう。彼は本気で困っていた。

「怖がらせた覚えはないんだけどね。まあ、目を覚ましていないなら仕方ない。本人には後日、希望を訊いてみようか」

「いいんですの？」

フェリシアは反射的に声を弾《はず》ませた。

実は、ジェシカが一度目に気を失っている間、フェリシアは彼女を自分付きにしたいと申し出ていた。

短時間とはいえ、その人柄《ひとがら》に触《ふ》れて、彼女なら大丈夫だと思ったからだ。少し臆病ではあるものの、彼女には他人の言葉を素直《すなお》に受けとれる純粋《じゅんすい》な心根がある。今のフェリシアに必要なのは、仕事のできる侍女よりも、そういう人間的に好ましい人物である。

「妬《や》けるな。そんなに気に入った？　トールマンの娘《むすめ》を」

「はい。素直で小動物みたいにかわいいですし、それに、面白《おもしろ》い方でしたわ」

そもそも、フェリシアだって現状をまずいとは思っているのだ。いつまでも侍女がいない現状を。

使用人による嫌《いや》がらせ事件以降、フェリシアには侍女がいない。理由が理由だっただけに、しばらく侍女はいらないと言ったフェリシアの我儘《わがまま》を、周囲も許容してくれた。

ただ、それもそろそろ限界だろう。

そんなときに出会った、信頼《しんらい》できそうなメイド。ウィリアムが独自に厳選してくれていることは知っていたので、フェリシアは、その候補の中に彼女を入れてほしいと頼《たの》んだ。

「ウィルも、面白かったでしょう？」

「そうだね。出会い頭《がしら》にあんなに熱烈《ねつれつ》に褒《ほ》められたのは初めてだったから、衝撃《しょうげき》的だったね。……ちなみに、褒められてたんだよね？」

「ふふ。もちろん」

「でも私としては、婚約者からの褒め言葉のほうが嬉しいのだけど？」

顔を覗《のぞ》き込まれる。上目《うわめ》遣《づか》いはずるいと思う。

そういえばこの王太子様は、自分の武器を過不足なく理解している人だった。

どんどん彼の顔が近づいてくる。やめてほしい。心臓に毒レベルの美貌《びぼう》のくせに。

（でも、逸《そ》らせない）

その顔が好みど真ん中であることなんて、最初から認めている。

それから意地悪な一面を知って、溶《と》けた砂糖のように甘い一面も知って。陰《かげ》ながら頑張《がんば》っているところや、実は部下のことを考えていることまで知って。

どんどん、どんどん。知る度《たび》に、この人のそばにいたいと思うようになった。

たまに寂《さび》しそうにしているときは、抱《だ》きしめてあげたいと思うようになった。

(一緒《いっしょ》に、生きていきたいって——)

吐《と》息《いき》が重なる。目を瞑《つむ》る。わずかに顎《あご》を上げたとき。

「オホンッ。お取り込み中失礼します。王太子殿下は構わないのでしょうが、王女殿下のために申し上げますと、ジェシカ・トールマンが目を覚ましました」

それは、天からの救済なのか、罰《ばつ》なのか。

すっかり雰囲気《ふんいき》に呑《の》まれて周りを忘れていたフェリシアは、そのあともちろん絶叫《ぜっきょう》した。

ウィリアムは舌打ちをしていたような気がしなくもないが、別れ際《ぎわ》「続きはまた今度」と耳元で囁《ささや》かれて、フェリシアは別の意味でも叫《さけ》ぶ羽目になっていた。

第三章 前世を打ち明けてみました

さて、現在のフェリシアの心情を、なんと表現したものか。

窓から見える曇《くも》り空になぞらえて、鬱々《うつうつ》とした気分？　否《いな》。そんな生易しいものではない。

それは戦場に赴《おもむ》く兵士のようであり、あるいは好きな人に告白しようとする勇者であり。

またあるいは、自分史上最大の秘密を打ち明けようとする、心慌意乱の悪役だったり――。

「サラ様」

「はい、フェリシアさん」

フェリシアは、マホガニーの立派なテーブルを挟《はさ》んで対面するサラに、鬼気迫《ききせま》る表情を向けていた。

受けるサラもまた、つられたように真剣《しんけん》な顔をしている。

「サラ様」

「はい、フェリシアさん」

このやりとりを、もう何度やったことだろう。

フェリシアだってわかっている。サラの後ろに控《ひか》えるフレデリクの迷惑《めいわく》そうな空気も、自分の後ろに控えるライラの退屈《たいくつ》そうな眼差《まなざ》しも。

しかしこちらは今から告白を予定しているシャイボーイまたはガールの気分なのだ。

兵士のように自爆《じばく》を覚悟《かくご》するには、ギャラリーが多すぎる。

(何か……何か良《い》い方法はないの⁉)

そもそもフェリシアがサラの部屋を訪ねたのは、いつものお茶会が目的ではない。

大事な大事な話をしたかったからだ。――フェリシアの、前世に関《かか》わる。

(だってこの数日間、全ッ然思い出せなかったんだもの！　お兄様のムカつく所業とかお姉様の高笑いはた～っくさん思い出したのに！　肝心《かんじん》の！　前世の！　大事なところが！)

前世の妹がうっかり自分の推《お》しであるウィリアムを死なせて、しばらく灰と化していたことくらいなら思い出したけれど。

(本当、我が妹ながら何てことしてくれてるのよ。あの子ゲームの才能ないわ。……って違《ちが》う違う。そうじゃなくて、私はその原因が知りたいのに！)

というわけで、ここ連日魔物討伐《まものとうばつ》隊がよく編制されていることを聞いて焦《あせ》ったフェリシアは、最終手段に出ることにした。

――そうだ、サラ様のところへ行こう。

そして現在。

「サラ様……っ」

「はい、フェリシアさん！」

フレデリクの視線が痛い。ライラの視線は痛くはないけれど、絶対早く帰りたがっているのがわかるから辛《つら》い。

（でも、サラ様の協力を得るためには、私の前世含《ふく》めて全《すべ》てを話さなきゃいけない。ウィルにも話せてないのに、フレデリク様とライラに聞かれるのは、なんかこう……っ）

あーでもない、こーでもないと考え抜《ぬ》いたフェリシアは、ようやく天からの閃《ひらめ》きを授《さず》かった。

（そうだわ、日本語があるじゃない！）

話せない、なら書いてしまえ、日本語で。

と、そこで気づく。

「サラ様って、その、別の世界から召喚《しょうかん》されたのですわよね？」

「はい！」

やっと話が進んだからか、フレデリクとライラから漂《ただよ》う空気が軽くなった。

「えっと、言葉、通じてますわね？」

「あ、はい。私も理屈《りくつ》はわからないんですが、妖精《ようせい》のおかげなんです」

「妖精の？」

予想外の答えで、思わず訊《き》き返してしまう。

しかし、そういえば、とフェリシアはアイゼンの言葉を思い出した。

フェリシアがシャンゼルへと出発する前日。兄は確かに言っていた。ここシャンゼルには、お伽噺《とぎばなし》の妖精が存在し、魔物《まもの》が存在し、瘴気《しょうき》とやらが存在すると。

　グランカルストではどれも馴染《なじ》みのないものだ。けれど、大陸の東側ではそれなりに馴染み深いということを、フェリシアはシャンゼルに来て知ることとなった。

「妖精、いるんですのね」

「いますよ。フェリシアさんの周りにも。でもほとんどの人が視《み》えないらしくて、そのせいで魔物や瘴気よりも信じている人は少ないみたいです」

　それは残念だ。前世が日本人のフェリシアとしては、一度くらい視てみたかったものだが。

（って、今日のミッションはそれじゃないわ）

　気を取り直して、フェリシアはサラに頼んで紙とペンを用意してもらうと、そこに懐《なつ》かしの日本語で用件を書き綴《つづ》っていった。

　部屋にいる誰《だれ》もが不思議そうにフェリシアを見守っていたが、気にせず書き続けると、やがてペンを置く。

「サラ様」

「は、はい」

　心臓がばくばく鳴っている。ラブレターを渡《わた》すときはこんな心境なのだろうか。緊張《きんちょう》しすぎて顔が強張《こわば》っている自覚がある。今なら戦場の敵もひと睨《にら》みで倒《たお》せるかもしれない。

なんて、そんな現実逃避《とうひ》は措《お》いておいて。

「これを、お読みください」

ただし、と続けて。

「内容を声には出さないこと。お訊きになりたいことは紙に書くこと。よろしいですか？」

「わ、わかりました」

フレデリクが怪訝《けげん》そうに眉《まゆ》を顰《ひそ》めているが、気づいていないふりをする。さすがに手元を覗こうとするほど騎士《きし》として落ちぶれてはいないらしい。

（まあ覗かれたところで、読めないでしょうけど）

サラが紙を持ち上げる。大きな瞳《ひとみ》を紙面に落として、すぐ。

「――っ」

彼女が、大きく息を呑んだ。

（やっぱり、通じる！）

サラの視線が紙の上を滑《すべ》っていく。その間、フェリシアはなんとか冷静さを取り繕《つくろ》いながら彼女の反応を待っていた。

そうして、ようやく。

「フェリシアさん」

サラが、口を開いた。

「ちょっと待っててくださいね」

「え、ええ」

彼女はフレデリクを振《ふ》り返ると、手招きして、耳元で何かを伝えていた。途中《とちゅう》、フレデリクの瞳が明らかに揺《ゆ》れたが、サラは話し続けていた。

内緒話《ないしょばなし》が終わると、フレデリクがフェリシア――を通り越《こ》して、ライラに視線をやる。そのまま顎《あご》でくいっと出入口の扉《とびら》を指したので、フェリシアはそこでサラの意図を悟《さと》る。

「ライラ、ごめんなさい。ちょっとだけフレデリク様と歓談《かんだん》してきてくれる？」

「………御意《ぎょい》」

珍《めずら》しく間があったのは、相手がフレデリクだからだろうか。口数が少ない者同士、歓談などできるはずもないと思ったのかもしれない。

扉が、閉まった途端《とたん》。

「フェリシアさん、フェリシアさん！」

サラが駆《か》け込むようにフェリシアの隣《となり》に座った。

「あれ、本当ですか⁉　だってじゃあ、私たち、同じってことですか⁉」

「サ、サラ様。まずは、少し落ち着いてくださいませ」

すごい。聖女に手を握《にぎ》られている。人によっては感極《きわ》まって泣く場面じゃなかろうか。

「落ち着くなんて無理です！　だって言葉がわかるんですもん！　懐かしすぎて泣いちゃうか

と思いました」

「わたくしも、懐かしすぎて間違ってないか不安でしたわ」

「じゃあ、やっぱり……！」

　こくりと、意図的にゆっくり頷《うなず》いた。

「ですが、信じてくださるんですか？」

「もちろんですよ！」

　即答《そくとう》された肯定《こうてい》に、フェリシアの肩《かた》から力が抜けていく。緊張した。本当に緊張していた。たぶん、国王陛下に会ったときよりも緊張したかもしれない。

　やはりサラはすごい。懐《ふところ》が深い。こんな突拍子《とっぴょうし》もない話、普通《ふつう》はもっと疑念を持ってもいいだろうに。聖女になる条件には、心の広さも含まれていたりするのだろうか。

「もう、なんていうか、サラ様って素敵《すてき》ですわね」

「ええ!?　どうしたんですか、急に。嬉《うれ》しいですけど照れちゃいますよ」

「だってまさか、こんな簡単に信じていただけるなんて……」

「それは当然ですよ！　そもそもフェリシアさんがこんな嘘《うそ》をつくとは思ってませんし、日本語知ってましたし。あとは、私がすでに異世界召喚なんて不思議な現象に遭《あ》ってるんですよ？　転生だってありそうじゃないですか。とにかく私は嬉しいんです！　ちなみに、フェリシアさんはどこ出身ですか？　あ、時代は同じでしょうか？　ふふ、なんだか不思議な気分ですね。

例によって理屈はわからないですけど」

それはフェリシアも同じだ。理屈はよくわからない。

ただ、おそらくフェリシアとサラは同じ〝日本〟という国出身でも、厳密には違《ちが》う〝日本〟出身なのだろう。

あくまでサラは、ゲームの登場人物で。

フェリシアは、そのゲームを画面の向こう側で傍観《ぼうかん》する者だった。

(本当は、実はサラ様も転生者、という可能性も考えたんだけど、どうやら違うみたいね)

でも、ヒロインがサラで良かったと、本心からそう思った。

「と、すみません。同郷に興奮してる場合じゃなかったですね。お願いがあるって書いてありましたが」

「そうなんです。とても大切な、サラ様にしか頼《たの》めないことが――」


その頃《ころ》。王宮の別の部屋では、ウィリアムがゴードンと打合せを行っていた。

いつしか窓の外の曇天《どんてん》は、とぐろを巻くようにうねっている。まるで様々な思惑《おもわく》が渦《うず》を巻き、交差するように、灰色の雲は遅々《ちち》としてとどまりゴロゴロと不吉《ふきつ》な音を運んでいた。

「ご命令どおり、招待を受けていたオルデノワ王国第一王子の立太子式典については、すでに先方に参加の旨《むね》を伝えております。どうぞ安心して行ってらっしゃいませ」

オルデノワ王国とは、シャンゼルと国交を持つものの、微妙《びみょう》な関係の国である。表面上は仲良くしているが、それまでだ。条約等何か特別に結んでいるわけではなく、親戚《しんせき》以上友人未満の国。今までも形式だけの招待を受けることはあったが、今回のように名代でも構わないとわざわざ記載《きさい》された招待状は初めてのことだった。

「私が国を空ける間、色々とよろしく頼むよ、ゴードン」

「もちろんです。同伴《どうはん》はフェリシア王女ということで、準備も順調に進んでおります」

一瞬《いっしゅん》、眩《まばゆ》い光が空を覆《おお》う。ウィリアムの微笑《ほほえ》みに濃《こ》い影《かげ》ができた。

「ゴードン？　何を言っているのかな。フェリシアは連れて行かないよ。同伴には王妃《おうひ》殿下《でんか》を連れて行く。当然だろう？　私はあくまで、国王陛下の代理なのだから。あなたもそれくらい理解していると思っていたけれど？」

「ですが、殿下の婚約《こんやく》者はフェリシア王女です。実際オルデノワ王国からは、王女殿下宛《あ》ての招待状も届いております。――ガエル」

ゴードンに名前を呼ばれた補佐《ほさ》官は、心得たように恭《うやうや》しく一通の手紙を差し出した。

「ガエル。これが先日、遅《おく》れて届いたのは間違いないな？」

「はい。閣下の仰《おつしや》るとおりです」

ウィリアムはゴードンを介《かい》し、補佐官からその招待状を受け取った。

「驚《おどろ》いた。本当にフェリシア宛てだね。私の名前すらない。まるで彼女こそ絶対に来てほしいみたいな書きぶりだ」

「さようですか」

「そんな怪《あや》しい招待を私が彼女に受けさせるとでも？　本気で思ったなら、宰相《さいしょう》の椅子《いす》はこの間の財務大臣のように後任に譲《ゆず》るべきではないかな、ゴードン」

　ウィリアムは、意味ありげにガエルへと視線を流した。ちなみに財務大臣とは、以前フェリシアの毒殺を指示した犯人としてウィリアムが捕《つか》まえたアンヴィル伯爵《はくしゃく》のことである。娘《むすめ》を王太子妃《ひ》にしようと企《たくら》んだり、色々とウィリアムが動向を探《さぐ》るくらいには野心の強い男だった。

「そういうわけだから、予定どおり式典には王妃殿下を連れて行く。まだ彼女を外に出すわけにはいかないからね」

　なぜ、と問われて、ウィリアムは薄《うす》く笑った。

　簡単なことだ。外には危険がいっぱいあって、今回は、ウィリアム自身がその危険を作り上げようとしているのだから。

「それに言うだろう？　かわいい子には、目と耳を塞《ふさ》いでお留守番させておけって」

　そのとき、空から雷鳴《らいめい》が轟《とどろ》いた。

フェリシアは、彼岸花の鱗茎《りんけい》を乳鉢《にゅうばち》ですりながら、深いため息をついた。

思い出すのは、ウィリアムの死を回避《かいひ》するため、サラに協力を願い出たときのこと。

『――というわけでして、わたくし、どうしてもウィリアム殿下の未来を変えたいのです。突拍子もない話だと思われるでしょうが、可能性がゼロでない限り、不安で仕方なくて……』

転生のことも、前世で見た乙女《おとめ》ゲームのことも、さらにはこの世界がその乙女ゲームと同じ世界であることも、フェリシアは全《すべ》てを話した。

サラなら聞いてくれる、という不思議な安心感に包まれて、ついついありのままを話してしまった。すごい。これが聖女の力か、と話し終えてから感心したものだ。

しかし、そんなフェリシアの協力願いに、サラは是《ぜ》とも否《いな》とも答えなかった。

『なんて言いますか、フェリシアさんも殿下も、究極に不器用なんですね』

ふふ、と。サラが「しょうがないなぁ」とこぼす。

フェリシアは首を傾《かし》げたが、続けたサラは、こう言った。

『心配しなくても大丈夫《だいじょうぶ》ですよ。フェリシアさんが思うより、ウィリアム殿下はお腹《なか》が黒くて恐《おそ》ろしくて――何よりあなたを、大切に想《おも》っていますから』

サラが拝みたくなるくらい慈愛《じあい》に満ちた顔で微笑んだ。それだけで心が救われるような気がするのだから、聖女というのは本当にすごい。いやもうこれはサラがすごい。

でもすぐに『それに殿下って、ヤンデレ寄りだと思うんですよ！　フェリシアさんが他の男性はおろか、他のことにも気を取られているのが許せないって。しかも外は危険だからって、フェリシアさんが外出できないようお茶会を入れて予定を埋《う》めてほしいって。そんなのある意味ヤンデレの監禁《かんきん》コースじゃないですか！　ちなみにヤンデレ通じます!?』と若干《じゃっかん》食い気味に訊《き》かれたので、仰《の》け反りながら『わ、わかりますわ。ヤンデレ』と答えたら、そこからはもう前世トークの始まりだった。

　フェリシアにとっても懐《なつ》かしい、そして誰《だれ》とも共有できないと思っていた故国のことだったため、だんだんと話は盛り上がり……。

　結局、解決の糸口は見つかっていない。

（馬鹿《ばか》なの私!?　いくら親近感が湧《わ》いたからって、男性の胸キュンポイントで盛り上がってどうするの！）

　いったい何をしにサラの許《もと》を訪ねたのか。本気で頭を抱《かか》えた。いや現在進行形で抱えている。

（あれからサラ様も忙《いそが》しいのか、なかなか約束をもぎ取れないし……！）

　ごりごりごり。乳鉢からは、もうこれ以上何もすり潰《つぶ》すものがないような、乳鉢と乳棒のみが擦《こす》れ合うような音がしている。

　メンバーはその音に「まだすり潰すんですか？」と引きつった視線を送っているが、フェリシアは気づかなかった。

「フェーリシーアちゃん」

「うっ」

すると、ダレンが左手でそんなフェリシアの手を止めて、右手人差し指で眉間《みけん》をぐりぐりと押してきた。

「だめよー？　こんなところにしわなんて作っちゃ。せっかくのかわいいお顔が台無しよぉ？」

「ダレン……痛いわ」

「あらやだ～。ここまでしないと気づかなかったのは、フェリシアちゃんでしょうに」

「え？　もしかして呼んでた？　ごめんなさい、考え事をしてたわ」

「みたいね。いいから、少し休憩《きゅうけい》なさい？　目の下に隈《くま》があるわよ」

優《やさ》しい第二の母は、フェリシアの目元をそっと撫《な》でた。

よく知る、ちょっとごつごつとした温かい手だ。本当の母はもっと繊細《せんさい》な手だったのに、不思議とその温《ぬく》もりを思い出させてくれる、安心する手。

そうしてされるがまま受け入れていると、今日も今日とてやって来ていたテオドールが抗議《こうぎ》した。

「おい、またおまえか小姑《こじゅうと》め！　フェリシアに触《さわ》るなっ」

「あ～ら。そっちこそまたなのぉ？　フェリシアちゃんに全く相手にされていない、残念な純情ボーイ」

「誰が残念な純情ボーイだ！」

テオドールがやって来るのは、自責の念があるからだ。

しかしフェリシアは、何度も責任を感じる必要はないと言い、あなたはあなたの仕事をしたほうがいいと説得した。彼の使者としての役目を邪魔《じゃま》したくはなかったからだ。なのに「大丈夫」の一点張りで躱《かわ》され、むしろそんなに僕を心配してくれるのかと、なぜか感動され抱《だ》きしめられそうになる始末。もちろんライラが止めてくれたが、何を言っても網《あみ》で風を捕まえるように意味がなかったため、フェリシアもう諦《あきら》めている。

「せっかくあの悪魔がいなくて、存分にフェリシアと話せるはずだったのに！　今度は何だ、小姑だと？　聞いてない！　でも僕のフェリシアは天使のようにかわいいから、小姑が口うるさいのも納得《なっとく》できる。よし、これからは僕が代わりに彼女を守るから小姑は安心するといい！」

「ね～え～、さっきから思うんだけど、こいつの頭の中はお花畑なの？　新調したメスで開いて確かめてやろうかしら」

「だめですよダレン先生、その人はかわいそうな人なんですから」

「そうですよ。それにちゃんと薬草探してくれますし、差し入れとかもしてくれますし」

「絆《ほだ》されてんじゃないわよあんたたち！　だいたいねぇ、こいつさっき、さらっとフェリシアちゃんのこと〝僕の〟っつったのよ！　誰がてめぇなんかに渡《わた》すかってんだ！」

今ではもう慣れたが、テオドールが現れると、必ずこんな感じで騒《さわ》がしくなる。

そしてみんながテオドールに気を取られているときに、隙《すき》をつくように悪戯《いたずら》を仕掛《しか》けてくるドミニクにも、もう慣れた。なんならそれを未然に仕留めるライラの手際《てぎわ》も、もうお手の物だ。騒がしい背景音《BGM》を聞きながら、フェリシアはまた別の薬草を乳鉢ですり潰し始める。

「はーあ」

いったいいつになったら諸々《もろもろ》の問題は解決するのだろう。フェリシアは、相も変わらず頭痛を抱えていたのだった。

その日の夜。

なかなか眠《ねむ》りにつけずにいたフェリシアの許に、珍《めずら》しくウィリアムが訪ねてきた。

いや、彼がフェリシアを訪ねてくること自体は、ままあることだ。就寝《しゅうしん》間際というのが珍しかった。

しかも彼がお茶の道具一式を持って現れたから、フェリシアは頭上に疑問符《ぎもんふ》を浮《う》かべる。

そんなフェリシアを見て、ウィリアムが眉尻《まゆじり》を垂れ下げた。

「急にごめんね。仕事が今終わって、こんな時間になっちゃったんだけど。一緒《いっしょ》にお茶でもどうだい？」

「ええ、喜んで」

部屋に招き入れると、ウィリアムは侍従《じじゅう》を廊下《ろうか》に残し、扉《とびら》を少しだけ開けたままにした。

フェリシアがソファを勧《すす》めるも、彼は首を横に振《ふ》る。

「フェリシアは座ってていいから」

何をするのかと思えば、持ってきた道具で彼がお茶を淹《い》れ始めるではないか。とんでもないと、フェリシアは慌《あわ》てて腰《こし》を上げる。

「ウィル、お茶なら私が」

「いいから。君は座ってて。ね？」

「ですが……」

「たまにはこういうのもいいだろう？　以前は君が私に淹れてくれていた。そのお返しをしたいだけだから」

もう一度「ね？」と優しく促《うなが》されて、フェリシアの胸がきゅうと甘く痺《しび》れる。

どうして彼はこう、時々フェリシアが戸惑《とまど》うようなことをするのだろう。からかったり、意地悪をしてくるときもあるのに、フェリシアが本当に悩《なや》んでいたり疲《つか》れているときには、いつもただただ甘やかしてくれる。

まるで、その紫《むらさき》の瞳《ひとみ》には、全《すべ》てお見通しだと言わんばかりに。

「私もね、フェリシアほどではないけれど、勉強してみたんだ。君に合うハーブは何かなって。探しながら、何なら君が喜んでくれるだろう、笑ってくれるだろうって、そんなことばかり考えてたよ。それでふと思ったんだ。君もあのとき、こんなふうに私を想ってくれていたらいいのになって」

ウィリアムがウィルと名乗ったとき。フェリシアがエマと名乗ったとき。

互《たが》いの正体を隠《かく》しながら、二人は穏《おだ》やかな時を共に過ごした。フェリシアの淹れた、ハーブティーを片手に。

「あの頃《ころ》のことが、もう懐かしく感じるよ」

「ふふ。私もですわ」

それから他愛もない話を楽しんでいると、ふと、ウィリアムが押し黙《だま》った。

「ウィル？」

どうかしましたか、と訊《たず》ねるより先に、ウィリアムが神妙《しんみょう》そうに口を開く。

「ねぇ、フェリシア。間違《まちが》っていたら申し訳ないけど、最近何かに悩んでいるよね」

心臓がドキリと跳《は》ねる。前置きをした割には、彼は確信を持っているようだった。

「たぶん薬草のこともそうだろうけれど、それ以外にも、何かあるんだろう？」

ある。ウィリアムの死亡ルートについてだ。

「私にも言えないことかい？」

フェリシアは、気まずそうに視線をずらしたあと、控《ひか》えめに頷《うなず》いた。言えるはずがない。彼の死ぬ未来のことなんて。

（でも、これだけは伝えるって決めたんだから）

それは、ジェシカが気づかせてくれたこと。話そうと思って、タイミングを計っていたこと。

「ごめんなさい。詳《くわ》しくは、やっぱり話せないんですが。ウィルにお願いがあるんです」

「お願い？」

「……この先何があっても、絶対どこにも行かないって、約束してくれませんか」

本当は、私と一緒に生きてほしいと、そう言えたら良かったのに。ただ、急にそんなことを言って怪《あや》しまれない自信もなければ、それに対するウィリアムの追及《ついきゅう》から逃《のが》れる自信も、今のフェリシアにはなかった。きっと、これでも十分、怪しまれてはいるだろうが。

ウィリアムは黙《もく》したままフェリシアの様子を窺《うかが》っていたが、それ以上フェリシアが何も言わなそうだと悟《さと》るや否《いな》や、困ったように頬《ほほ》を掻《か》いた。

「本当はどうしていきなりそんなことを言うのか、無理にでも吐《は》かせたいところだけど……」

びくっと背筋が震《ふる》える。彼が本気を出したら、実際に吐かせられてしまうだろう。

しかし、意外にもウィリアムは、「しないよ」と優《やさ》しく言う。

「私は君のお願いに弱いからね。仕方ない。でも心外だな。私が君を置いて、他《ほか》のどこに行くと思ったんだい？　どこにも行かないよ。むしろ君に逃《に》げられそうになって、必死に引き止めようとした私を忘れたかい？」

ウィリアムがくすくすと笑う。素《す》の顔だった。それが、フェリシアの不安を溶《と》かしていく。

彼は蒸《む》らし終えたハーブティーをカップに注ぐと、それをフェリシアの目の前に置いた。すっと、爽《さわ》やかな香《かお》りが鼻を抜《ぬ》けていく。

「さあ、どうぞ召《め》し上がれ。ルイボスをベースにハニーブッシュとミントを合わせてみたんだ。申し訳ないけど、私ではこれくらいのブレンドがやっとでね。それに効能ばかりを重視すると、恐《おそ》ろしい味が出来上がってしまって、しばらく口の中が大変だったよ」

戯《おど》ける彼がおかしくて、気まずさも忘れる。彼が一人苦戦している姿を想像すれば、なんだかかわいいと思ってしまった。

同時に、身体《からだ》の奥底から込み上げてくる何かを感じる。

（なんだろう。よく、わからないけど、胸が……）

胸が、熱い。

まだ飲んでもいないのに、心がほんわかと温かくなっている。それは、ハーブティーを飲んだときと同じような、でもそれ以上に、泣きたくなるような。

フェリシアは、震えそうになる手をなんとか抑《おさ》えながら、ゆっくりとカップを持ち上げた。

こくりと、味わうように一口飲む。

爽やかな風味が口の中に広がった。モヤモヤとした気持ちを一掃《いっそう》してくれるような、清澄《せいちょう》な風が吹《ふ》いた気がした。あとにほんのりと残る甘みは、なんとなく、頑張《がんば》るフェリシアの頭をぽんと撫《な》でてくれる、ウィリアムの優しさのように感じられて。

（ああ、そっか、私）

フェリシアは、喉《のど》の奥から込み上げてくる熱を、必死に嚥下《えんか》した。

（私、こんなふうに誰《だれ》かに何かをしてもらったの、初めてなんだわ）

だから、こんなにも胸が熱くなるのだろうか。

だから、こんなにも泣きたい思いに駆《か》られるのだろうか。

鼻の奥がツンとする。誤魔化《ごまか》すようにもう一度ハーブティーを口にすれば、その爽やかさに救われた。

きっと彼は気づいていない。

いや、どうか、気づきませんようにと。

「おいしいですわ……とても」

彼がこちらを見た。でもそれは一瞬《いっしゅん》だった。

やはりあの誰をも魅了《みりょう》する紫の瞳は、全てを見透《みす》かす力を持っているのだろう。

フェリシアの気持ちが落ち着くまで、彼は一度も視線を合わせなかったし、ひと言も話すことはなかった。

ウィリアムのおかげで改めて頑張ろうとやる気に満ち満ちたフェリシアは、朝から研究室にこもっていた。

ドミニクの助言を借りながら、またメンバーの手を借りながら、代替《だいたい》薬ができないかと試行錯誤《さくご》を重ねる。ところに。

「フェリシア！　わかったかもしれない、例の薬草のこと！」

扉を破壊《はかい》する勢いで開けたテオドールが、思いがけない知らせを持ってきた。

「ほ、本当ですかテオドールさん!?」

「どれ、どの薬草!?」

メンバーがわっと彼を取り囲む。フェリシアも、逸《はや》る胸を抑えるのに苦労した。

「残念な純情ボーイ、今度こそちゃんと本物なんでしょうねぇ？」

「だから誰が残念な純情ボーイだ！　って違う。そんなことより、これを見てくれ」

彼が机の上に置いたのは、一冊の薬草事典だった。

かなり分厚いもので、フェリシアは見たことのない事典だ。背表紙の持出禁止という文字が非常に気になる。

しかし誰もがそれについては触《ふ》れず、テオドールがめくるページに注目している。

やがて、その手が止まった。

「ク、クラリトディルムッド・オディナガン・デ・リアヌスムスぅ？　名前ながっ」

そこに書かれた薬草名を、メンバーの一人が口にする。

確かに長い。誰もが同意している。そういえば昔のテオドールも、だからなかなか名前を覚えられないと言っていた。これが本当に目当ての薬草なら、とても納得《なっとく》だ。

事典には珍《めずら》しく絵図もついていて、それを見たフェリシアは、声にならない声を上げる。

「あらん？　でもこれ、別名もあるじゃない。えーと、月光草《ルアル》？」

ダレンが読み上げると、テオドールが大きく頷く。

「満月の夜にだけ淡《あわ》く光る薬草だから、そうとも言うらしい。ある国にしか生えていない、珍しい薬草だ。ほら、花は白くて下向きに咲《さ》いてるだろ？　すずらんみたいに連なってもいる。でもすずらんより花は大きくて、ハートみたいな形をしてるから、これを商人に見せてもらったとき、すぐにフェリシアに贈《おく》ろうって思ったんだ。満月の夜なら淡く光るとも聞いていたから、なおさら良《い》いと思って。でも抜いたら光らなくなるなんて知らなかったから、苦い思い出でもあるんだけど。というかあの商人、なんでこっちの名前を教えてくれなかったんだ⁉」

「まあ普通《ふつう》は正式名称《めいしょう》で売るものねぇ」

フェリシアは、恐る恐るその絵図に手を伸《の》ばした。

そうだ。間違《まちが》いない。この、ユーモラスな形。フェリシアは最初、ハートではなくシルクハットのようだと思った覚えがある。

これこそまさに。

「間違いありませんわ。これです……わたくしが使っていたのは、この薬草です！」

フェリシアが宣言すると、みんなから歓声《かんせい》が上がる。

「ついに！　やっと！」

「長かったよぉ〜っ。もうしばらく薬草見たくないよぉ〜」

「ほっほ。では見つかった祝いにこれでも……」

「「いりません！」」

相変わらず愉快《ゆかい》な彼らは措《お》いておいて、フェリシアは、もう一度そのページを読み込んだ。

確かに満月の夜に光ると書いてある。知らなかった。毒は持っていないようだ。

効能の箇所《かしょ》には、あらゆる病魔《びょうま》を浄化《じょうか》すると書いてある。

（なんともファンタジックな薬草だわ）

でも、瘴気《しょうき》があるこの世界なら、それは何もおかしなことではないのかもしれない。

そんなことより今は、一刻も早くこれを手に入れたい。

「卿《きょう》、リンデン卿。このルアルは、どこの国にあるの？　どこに行けば手に入るの？」

心が焦《あせ》る。だってこれで、やっとこの国の——彼の、役に立てるから。

「うああどうしよう。フェリシアが僕を頼《たよ》ってる。かわいい。頑張ってよかった……！」

「もう。こんなときまでお世辞を言わなくていいのに。でも本当にありがとう、見つけてくれて」

「そんなこと気にしないでよ！　君が笑ってくれるなら、それだけでもう報《むく》われるっていうか、救われるっていうか！　とにかく頑張ってよかった……っ」

「え、もしかして泣いてるの？　大袈裟《おおげさ》よ。私の笑顔《えがお》なんかより、ウィリアム殿下《でんか》の感謝のほうがよっぽど価値があるわよ？　あなたのおかげで活路が見《み》出《いだ》せたんだもの。きっと殿下も喜んでくれるわ」

　フェリシアが嬉《うれ》しそうに言うと、反比例したようにテオドールがショックを受けている。なぜだ。何かおかしなことを言っただろうか。

「まあ、あれっすよね。王女さんって意外と小悪魔だったんですねって話ですよ」

　それはどんな話だ。飽《あ》きずに神出鬼没《しんしゅつきぼつ》な登場をするゲイルのひと言に、フェリシアは本気で首どころか身体《からだ》ごと捻《ひね》りたい気分になったのだった。

　正体不明だった薬草が解明され、それがウィリアムに伝えられ、伝えられたウィリアムがペンで応接用のテーブルを叩《たた》くこと、数十回目。

「いい加減教えてくれるかい、使者殿《どの》。あなたはどうやってこの禁書を持ち出したのかな」

　応接室には、尊大に足を組んで座るウィリアムと、その隣《となり》で内心ハラハラしながら見守っているフェリシア、開き直って対面するテオドールがいた。

　フェリシアが見た持出禁止という文字が書かれた本は、言葉のとおり持出禁止の禁書だった。王都の都立図書館内にあり、その中の、認められた者しか入れない場所にあるものだ。そしてもちろん、テオドールは認められていない。はずなのだが。

「だから言うわけないだろ。そういう約束なんだから」

「へぇ？　つまり、約束できる相手がいるというわけだね。誰かな」

「あっ」

フェリシアは心の中で「うわぁ」と同情の声をもらした。

ウィリアムの前で不用意な発言は、命取りとなる。彼は相手のちょっとした油断を種に、怒濤《どとう》の勢いで毒花を咲かせる恐《おそ》ろしい人なのだから。

「どうやら私はあなたの人誑《ひとたら》し能力を舐《な》めていたらしい。間諜《かんちょう》より間諜に向いているようだ」

「……言っとくけど、褒《ほ》められても絶対言わないぞ」

「これを褒め言葉と取ったあなたに頭痛がする」

ウィリアムが大仰《おおぎょう》に天井《てんじょう》を仰《あお》いだ。その心情は察するに余りある。

「まあいい。思ったよりあなたは口が堅《かた》いみたいだから、この件は別の角度から攻《せ》めることにしよう。それで？　本題は次だ。その見つかった薬草がなんだって？」

「だから、ルアルはオルデノワ王国にあるんだよ。ここからなら行けない距離《きょり》じゃないだろ？ちょっとフェリシアと行ってくる」

「……私は今、馬と話をしているのかな。それとも鹿《しか》かな」

（両方合わせて〝馬鹿《ばか》〟ってことかしら）

どうでもいいことに気づいてしまったフェリシアである。

「君も彼と同じ考えなの？」

突然《とつぜん》話を振《ふ》られて、でもフェリシアは、遠慮《えんりょ》がちに頷《うなず》いた。

「許していただけるのなら、ドミニク先生とダレンも連れて」

「え、二人きりじゃないの!?」というテオドールの空気を読まない発言には触れないでおく。

ただでさえウィリアムからは苛立《いらだ》ちを感じるのに、火に油なんて注ぎたくない。

どうやらウィリアムも、相手をしないことに決めたらしい。

「許可できない。共に行く相手が誰《だれ》だろうと、私は君がオルデノワ王国に行くことに反対だ」

「どうしてですの？」

「どうしてってそれは……――まさか、知らないのかい？」

「え？」

いつもと違い、ウィリアムがしまった、と顔に出した。

それは一瞬《いっしゅん》のことだったが、いつも何かしらの微笑《ほほえ》みを浮《う》かべている彼だから、微笑み以外の顔はたとえ一瞬でも目立った。

「殿下、何を隠《かく》してますの」

「いや、隠しているというわけではないけれど、オルデノワは後継《こうけい》争いで揉《も》めている国だからね。正直、不安なんだ」

なるほど、そういう理由なら、確かに仕方ないのかもしれない。

と、思ったら。

「何を言ってるんだ？　それは少し前の話だろう。結局片がついて、順当に第一王子が王太子になるじゃないか。確か今度その式典があったはずだが……もしかして招待されてないのか？　されてるだろうと思って、便乗するために話したのに。なんだ、使えないな」

テオドールが赤裸々《せきらら》に真実を口にした。

ウィリアムの笑顔に、ピキ、とヒビが入る。舌打ちでもしそうな勢いだ。

「仕方ない。これは最後の手段だったけど、彼女に頼《たの》むか。いや、フェリシアとしても久々になるんだから、むしろこっちのほうがいいかもしれないな。ブリジットが嫁《とつ》いでから、結局まだ一度も会ってないんでしょ？」

——バンッ。

フェリシアが反射的に立ち上がったのと、ウィリアムがテーブルを叩いたのは同時だった。

その音に反応して、フェリシアはウィリアムに視線を移す。そのときの、彼の苦々しい顔が。

微笑みじゃない、その表情が。

テオドールの言葉よりも、フェリシアに疑いようのない現実を突《つ》きつけた。

「待ってフェリシア、落ち着いて」

無意識に逃《に》げようとしたら、ウィリアムにすかさず腕《うで》を掴《つか》まれる。

「放してっ。わたくしは落ち着いてますわ」

「なら座って。私が悪かった。そこの使者殿があまりに考えなしだったから、つい顔に出してしまった。謝る」

「謝るところが違いますわよ⁉」

「わかってる。わかってるから、今は存分に私に怒《おこ》るといい。そのほうが君も紛《まぎ》れるだろう？」

「っ、意味、わかりませんわ」

「そうだね。ごめんね」

言いながら、ウィリアムが優《やさ》しく抱《だ》きしめてくれる。落ち着かせるためか、背中をゆっくりと撫《な》でながら。

テオドールが真っ青な顔で部屋を出て行くのが見えたけれど、今のフェリシアにそれを気にかける余裕《よゆう》はなかった。混乱している。だって本当に意味がわからなかったのだ。

ウィリアムが謝ることも。こんなところで姉の名を聞く羽目になったことも。

そしてその名で、自分の心臓がこれほど不快な音を立てることも。

何よりも、ウィリアムが、姉《ブリジット》について知っていたことが――。

「どうして、知ってらしたの」

責めるにしては、弱々しい声だった。

「それは、君と姉君の関係を？　それとも、姉君の居場所を？」

「……両方ですわ」

本当は、それだけではないけれど。

姉との確執《かくしつ》や居場所については、調べたからだろうとは思う。フェリシアを婚約《こんやく》者として迎《むか》えるにあたり、基礎《きそ》調査くらいはやっているだろうから。

けれど、今まで一度も触《ふ》れられたことがなかったから、フェリシアの強がりまではバレていないのだと思っていた。自分は別に姉なんて怖《こわ》くない、気にしていない、という強がりは。

でも、今こうして落ち着かせられている現状を考えれば、彼はそこまでお見通しなのだろう。

姉が怖い。というよりは、姉に紐《ひも》づいて思い出される、あの辛《つら》くて苦しい記憶《きおく》が嫌《いや》だ。初めて死を目《ま》の当たりにした、恐ろしい記憶が。

だから、彼があえてそこに触れない優しさに、今は感謝した。

「関係は、そうだね、時が来たら話そうか。今話しても、きっと君は信じられないだろうから」

え？　と顔を上げる。

ウィリアムが困ったように微笑んだ。

「居場所は、まあ、知らないわけがないかな。ずっとお礼をするタイミングを計《はか》っていたから」

「お礼？」

「そう。それも、国を巻き込んだ盛大なものをね」

不思議だ。ウィリアムが言うと、それがお礼だとしても不穏《ふおん》な響《ひび》きしか感じられない。

「それより、さっきの続きは？　怒ってたんでしょう？　遠慮なんてしなくていい。フェリシアは全然怒らないから、私としては怒ったフェリシアを見てみたいんだけど」

こんなときに何を言い出すのか、この人は。思わず目が据《す》わった。

（いえ、違《ちが》うわね。こんなときだからこそ、そうやってふざけるんだわ）

なんてわかりにくい人だろう。

普段《ふだん》はアンテナを張っていなくても気づくくらい、わかりやすく甘やかすくせに。どうしてこういう大事なことだけ、彼は隠そうとするのか。

（まるでそう、木を隠すなら森の中、って思ってるみたいに）

フェリシアが傷つくだろうことを隠すため、隠すその行為《やさしさ》すら隠してしまう。そうすれば初めから何もなかったことと変わらない。そんな見えない彼の優しさの中で、きっとフェリシアは、穏《おだ》やかな日々を過ごせることだろう。

いつのまにか、真綿で目と耳をそっと塞《ふさ》がれているとも知らずに、王宮《はこにわ》の中で。

それは、笑ってしまうくらい過保護で、腹立たしいくらい庇護《ひご》的だ。

（でも、彼にそうさせているのは私なんだわ。私が、ウィルを心配させてるのね）

表面的には何事もなかったように振る舞《ま》っていても、心の中にあるトラウマは誤魔化《ごまか》し切れないということだ。

なんて情けないのだろう。これならゲームの中のフェリシアのほうが、まだ強かったかもしれない。婚約者《ウィリアム》の心を取り戻《もど》すため、彼女は一人で闘《たたか》っていた。その頑張《がんば》りどころを間違えていただけで、彼女は最後まで諦《あきら》めない強い心を持っていた。

（そうよ。そして私は、そのフェリシア・エマーレンスなのよ）

なら、自分だって強くなれるはずだ。全《すべ》てを見習うことはできないけれど、何があっても折れなかった精神力だけは、見習ってもいいんじゃないだろうか。

（ああ、だんだん思い出してきたわ。ゲームのフェリシアのこと）

冷え切った家族関係。愛に飢《う》えた少女。それを求めた婚約者は、別の女性に恋《こい》をした。すでに婚約者を愛してしまっていた彼女は、婚約者の心を奪《うば》うため、ヒロインに嫌味《いやみ》を投げドレスにワインをかけ、誘拐《ゆうかい》を企《たくら》み、あげく階段から突き落とした。最後のほうは、多種多様な方法で完全にヒロインの命を狙《ねら》いにいっていた。

そんな〝フェリシア〟がやったことを思えば、姉のやったことなど馬鹿《ばか》の一つ覚えである。

そしてそんな〝フェリシア〟が迎えたエンディングを思えば、姉の仕打ちなど猫《ねこ》パンチのように可愛《かわい》らしい。

なにせ悪役の末路は、それはそれは悲惨《ひさん》なものだったから。

だからフェリシアはそれを回避《かいひ》しようと、一時はウィリアムとの婚約破棄《はき》に奔走《ほんそう》した。一番恐《おそ》ろしい結末を運んでくるのが、今まさに目の前にいる彼だったから。

（そうよ、そうだわ。そう思うと、この人のほうがどう考えても恐ろしいんじゃないかしら）

おかしくて笑いそうになる。一番怖い人が目の前にいるのに、他《ほか》の何を怖がればよかったのだろう。今さらそんなことに気がつく。

(怖くて、優しくて、甘い人。……そうね。私はもう、一人じゃなかったんだわ)

今は、その一番怖い人がそばにいる。味方になってくれる。そう信じさせてくれる彼と一緒《いっしょ》なら、姉とのこれまでに決着をつけられそうな気がした。

これは、良《い》い機会なのかもしれない。

「殿下《でんか》、お願いがありますわ」

「待って。ここで君がお願い？　嫌な予感——というか、その決意を秘《ひ》めた目に既視感《きしかん》を覚えるんだけど。以前私を絶望に突き落とした前科持ちだってことを、君は忘れるべきじゃない」

「あら、そうなんですの？　でもご安心ください。今回の行き先は絶望ではなく、オルデノワ王国ですわ」

いつも彼がやるように、にっこりとわざとらしい笑《え》みを浮《う》かべてやる。そして、もう一度。

「オルデノワ王国へ、薬草の採集及《およ》び式典への参加を目的として、訪問の許可をくださいませ。殿下はさっき言いましたわ。『君がオルデノワ王国に行くことに反対だ』と。つまり、届いてますわね？　招待状。ということは、必然的にパートナーはわたくしですよね」

「いや、確かに届いてはいるが、今回私は陛下の代理だから……」

「代理だから？」

「パートナーには、王妃《おうひ》殿下をね？」

「婚約者のわたくしがいるのに？　酷《ひど》いですわ、殿下。つまり殿下は、わたくしを婚約者として認めてくださっていないということですの？」

「あのねフェリシア、そういうことではなくて……」

　するとそのとき。

「今の話、本当か!?　なら婚約破棄だな？　よしフェリシア、さっそくグランカルストへ帰ろう。今すぐ準備するから」

　なんて言いながら、扉《とびら》からテオドールが入ってきた。いや、戻ってきた、と言うべきか。

　虚《きょ》をつかれたフェリシアとは裏腹に、ウィリアムは凄《すご》みを増した微笑《ほほえ》みで返す。

「破棄《はき》はしない。帰るなら一人で帰るといい。――ところで、途中《とちゅう》で出て行ったからてっきりフェリシアを傷つけたことに落ち込んで逃《に》げたかと思ったのに、なぜ戻ってきたのかな？」

「ぐっ。そ、それについては、よくわからないけど、フェリシアには謝ろうと思って……」

　そういえばテオドールは、貴族にしては珍《めずら》しく純粋培養《じゅんすいばいよう》のため、基本的に人はみんな仲が良いものだと思っている節があった。

　だからテオドールにとって家族とは、無償《むしょう》の愛を与《あた》え、与えられるのが常識なのである。

　フェリシアはそんな彼に家族のことを話したことはないし、彼もおそらく、どうしてフェリシアが離宮《りきゅう》で暮らしていたかなんて、深く考えたことはなかっただろう。

けれど、その何も知らない純粋さに、あの頃《ころ》のフェリシアは救われてもいた。むしろ知らないままでいてほしいとさえ思っていた。知らないからこそ、彼は遊びに来てくれるのだろうと。

だから今回のことについて、フェリシアは別に怒《おこ》っていない。

それに、彼が暴《あば》いてくれたから、ウィリアムに隠《かく》されずに済んだことがある。

「リンデン卿《きょう》、わたくしは気にしてないから、謝る必要なんてないのよ？」

「あるよ！　謝る必要がある。だって君があんなふうに取り乱すところ、初めて見たんだ。どうしてそうなったのか、理由がわからないのが悔《くや》しいよ。本当は訊《き》きたいけど、訊いたらまたあんな顔をさせるのかと思うと、やっぱり訊いちゃいけないかなって。だから……だから今は、こんな謝罪で申し訳ないけど、本当にごめん！　訊かなくてもわかるように、ちゃんと考えるから。だから今は、これで許してくれる？」

そう言ってテオドールが差し出したのは、白い可憐《かれん》な花――すずらんで。

「もちろん謝罪を受け入れるわ！　ありが――ンンーッ!?」

喜んで毒草《すずらん》を受け取ろうとしたら、後ろからウィリアムに手と口を封《ふう》じられる。

なんで!?　と彼を睨《にら》めば、

「これがグランカルスト人にとってどんな花か忘れたかい？」

「あ……」

それ以上の鋭《するど》さをもった微笑みで見下ろされたのだった。

第四章 ✤ 邪魔者は消える運命です

城門から続く、長い長い大通り。そこに連なる数多《あまた》の馬車。闇夜《やみよ》に浮かぶ白亜《はくあ》の宮殿《きゅうでん》の、なんと幻想《げんそう》的で美しいこと――。

「まるで選ばれし者しか訪《おとず》れることのできない理想郷！　ライトで照らされ浮き上がる造形美のなんと美しいこと！　妖精《ようせい》です。妖精の城です。あそこにはきっと妖精が住んで――」

そこまでひと息で言って、ジェシカが我《われ》に返った。

上気させていた頬《ほお》が見る見る青ざめていき、フェリシアはそれを残念に思いながら眺《なが》める。

「言い切ってよかったのに、ジェシカ」

馬車の中には、フェリシアとウィリアム、そしてジェシカの三人が乗っていた。ジェシカも一緒なのは、フェリシアの身の回りの世話――主にドレス持ちだが――をするためだ。今日の彼女はメイドではなく、フェリシアの侍女《じじょ》としての随行《ずいこう》である。

これから始まるのは、舞踏《ぶとう》会を兼《か》ねた式典だ。

「あああ、私、も、申し訳、また……っ」

「別にいいのに。わたくしはジェシカのそれ、面白《おもしろ》いから好きよ。ね、殿下」

「ふふ、そうだね」

「あ、だめ、気絶したい……」


時を遡《さかのぼ》ること、数日前。

フェリシアはウィリアムを説得し、なんとかオルデノワ王国への訪問許可をもらった。

これは各方面からの協力があったおかげだ。テオドールはもちろんのこと、ドミニクも、実際に薬草を見たことのあるフェリシアがいたほうがいいと助言してくれた。

そして意外なことに、宰相《さいしょう》であるゴードンまで口添《くちぞ》えしてくれたのだ。

『常識的に考えて、他国の式典に婚約《こんやく》者を置いていく代表者などおりません。国に残されても迷惑《めいわく》ですので、どうぞお連れください』

フェリシアに対する扱《あつか》いは酷いようで、その実的《まと》を射てもいる。つまり、ゴードンのフォローをした彼の補佐《ほさ》官曰《いわ》く「一緒に行かないと国内で不仲説が広まるから」と。それを危惧《きぐ》してくれたのではないかということだった。

『そういうことならなおさら行かなければいけませんわね、ウィリアム殿下』

ウィリアムは苦い顔で笑っていた。

『では王女殿下、こちらが招待状です。お気をつけて行ってらっしゃいませ。それと、殿下の御令姉《ごれいし》様にもよろしくお伝えくださいね』

補佐官の最後の言葉には、少しだけドキッとしたけれど。

いずれにせよ、こうしてフェリシアは、オルデノワ王国第一王子の立太子式典を口実に、ルアルの採集及び姉への挨拶《あいさつ》のため、旅立つことができたのだった。

（しかも後から気づいたんだけど、ウィルを国外に連れ出してる間は、死亡ルートのことも心配しなくていいのよね。だってあれは国内で起こる事件だもの）

馬車が正面玄関《げんかん》に着く。他《ほか》にも招待されているたくさんの馬車が、順に着いては中から人が降り、馬車だけが去っていく。

最初にウィリアムが降りると、彼はフェリシアへと手を差し伸《の》べた。その手をとって馬車を降りれば、豪奢《ごうしゃ》な玄関《エントランス》ホールに迎《むか》えられる。

オルデノワの使用人によってまずは控《ひか》え室に案内されるところ、遅《おく》れてテオドールもやって来た。

「……本当に招待状をもぎ取ってくるとは」

ウィリアムの声音《こわね》に若干《じゃっかん》の苦味が混じっている。

というのも、ウィリアムはテオドールまで連れてくるつもりは全くなかったからだ。

しかしこのテオドール、実は数か月前まで留学していたという国が、なんとこのオルデノワ王国だったらしく。そのときの伝手《つて》を頼《たよ》り、自身で招待状をゲットしてきた。ブリジットを頼らなかったのは、おそらくフェリシアを気遣《きづか》ってのことだろう。

「ふふん。僕はあなたと違《ちが》って、友人が多いからね」

「聞き捨てならないな。私にも友人の一人や二人はいるけれど？」

「へー、たとえば？」

「……言っても君は知らないよ」

そうこうしているうちに、式典が始まった。

舞踏会はこの後に催《もよお》される予定だが、それまでは基本的にただ式典を見守るだけなので、フェリシアはぼんやりとその光景を眺めていた。

壇上《だんじょう》で第一王子だろうその人が、国王からマントを賜《たまわ》っている。それを特等席で見学しているのがオルデノワの王族たちだ。

探さなくても、すぐに見つけられた。

（……お姉様）

長いキャラメルブロンドの髪《かみ》を結《ゆ》い上げ、隠しきれない高慢《こうまん》さでヘーゼルの瞳《ひとみ》を細めている。

それらの色で、フェリシアと同じところは全くない。フェリシアの輝《かがや》く金の髪は父譲《ゆず》りで、透《す》き通る緑の瞳は母譲りだ。けれど、ブリジットのそれらは、全《すべ》て彼女の母譲りである。

顔立ちも、フェリシアは口元だけ父似だが、ブリジットは何から何まで彼女の母に似ていた。

そう、それは顔立ちだけでなく、性格も。どこまでいっても欲深《よくふか》な母に似て、ブリジットもまた強欲《ごうよく》だ。

（ウィルに教えてもらった話じゃ、お姉様、第一王妃《おうひ》じゃなきゃ嫌《いや》だってオルデノワ国王の求婚を一度断っているのよね）

オルデノワは一夫多妻制らしい。御歳《おんとし》四十の国王だが、すでに立太子する十七歳の子どもがいるくらい、若い時から別の王妃が何人かいる。

その中の一番でなければ受けないと言った結果、姉は見事第一王妃の座を獲得《かくとく》したのだとか。大国の姫《ひめ》というのは、そういうところにも我《が》を通せるものらしい。

そんなブリジットだが、嫁《とつ》いで二年経《た》った今も、まだ子どもはできていないようだ。だから不機嫌《ふきげん》そうに式典を見下ろしているのだろうか。自分の子どもでない王子が、王太子に選ばれたから。

と、そこで。

意図せず姉と目が合った。姉の口元が歪《ゆが》む。ゆっくりと。弧《こ》を描《えが》くように。

まるで、長いこと待たされた極上《ごくじょう》の獲物《えもの》が、自ら罠《わな》にかかったのを嘲笑《あざわら》うみたいに。

フェリシアは、目が合ったことでわずかに乱れた心音を整えてから、姉の目を見返した。

（お久しぶりですわね、お姉様。お望みどおり、来て差し上げたわよ）

心の中で毒づいた。というのも、この式典への招待状には怪《あや》しいところがあったからだ。

本来この式典には、シャンゼルの国王夫妻が招待されていた。しかしどういうわけか、フェリシアにも個別の招待状が届いていたらしい。

そしてそこから漂《ただよ》ってきた香水《こうすい》に、顔を思いきり顰《しか》めた。姉が好んでいた香《かお》りだったからだ。

どうやら居場所を調べるくらい、姉は未《いま》だに自分を目の敵《かたき》にしていたらしい。

そしてフェリシアは、たぶん、その理由を知っている。

だからこそ終わりのなさそうな戦いに決着をつけるため、ここに来た。

（それにお姉様だって、決着《それ》を望んでいるのでしょう？）

そう内心で訊《たず》ねたとき、聞こえているはずのないブリジットが、小さく鼻で笑った気がした。


フェリシアの母は、美人薄命《はくめい》を体現した人だった。

その美しさゆえ、王族に嫁げるような上級貴族でないにもかかわらず、王に側室として無理やり召《め》し上げられたらしい。実家が貧乏《びんぼう》でもあった母は、当時、散々周りの嫉妬《しっと》を浴びたとか。

そしてそれは、子どものフェリシアも同じだった。母親にそっくりだったからである。

『フェリシア！　なんであんたがここにいるのっ。今日はお父様が私の婚約者候補を選ぶために開いてくださったお茶会よ!?』

『ご、ごめんなさい、お姉さま。でもそのお父さまが、出るようにって』

この頃《ころ》のフェリシアは、まだ母も生きていて、姉からきつく当たられることはあっても毒を盛られるほどではなかった。周囲も、こうしてフェリシアがお茶会に顔を出せば、話しかけに来てくれるくらいにはその存在を認めてくれていた。

『フェリシア！　あなた、お父様から宝石をもらったんですって？　なんであなたに与《あた》えて、私にはないのよ！』

『ちがいます、お姉さま。あれは私じゃなくて、お母さまに……』

『お父様と会話したのは一緒《いっしょ》じゃない！　私たちには全然話しかけてくださらないのにっ』

フェリシアだって、母との仲介《ちゅうかい》役でなければ、父王に話しかけられることなどなかった。それでも姉は気に食わなかったらしい。

ただ、フェリシアは姉の気持ちも理解できた。姉は誤解しているようだが、フェリシアだって、父王には関心を向けてもらったことがないからだ。

（お姉さまと私は、いっしょなんだわ）

そうして、フェリシアが七歳のとき、母が亡《な》くなった。父王はついに誰《だれ》にも見向きをしなくなったが、これで姉たちの嫌がらせも落ち着くだろうと踏《ふ》んでいたフェリシアは、それが蜜《みつ》よりも甘い見通しだったことを知る。

『フェリシアっ、あなた、お兄様まで私から奪《うば》うつもり!?』

意味がわからなかった。フェリシアにそんなつもりはないし、今までも誰かを奪った覚えがないからだ。

『とぼけないでよ！　お兄様にまで色目を使って！　はっ、さすが、お父様をたらし込んだあの女の娘《むすめ》ね。気持ち悪い。ほら、お兄様から贈《おく》られたもの、出しなさいよ！』

『やめてお姉様！　違うっ。色目なんて使ってない！　それにあれは、お母様の形見を分けてもらっただけで……！』

『嘘《うそ》つき！』

　嘘なんてついてなかった。本当にそうだった。父王に全て持っていかれた母の形見を、一つだけアイゼンが取り戻《もど》してくれただけだった。

　結局、激昂《げきこう》した姉により、母の形見であるオルゴールは壊《こわ》されてしまったけれど。

　思えばアイゼンがフェリシアに冷たくなったのは、ちょうどこの頃からかもしれない。

『大嫌《だいきら》いなフェリシア。あんたが私の幸せを奪ったように、私があんたの幸せを奪ってあげる。お父様もお兄様も、あんたたちがいなければ私のものだったのに。お母様も、あんたたちみたいな下賤《げせん》な母子《おやこ》がいなければ、壊れなかったのに！　全部全部、あんたのせいよ……っ』

　それからだ。姉に、毒を盛られるようになったのは。

式典が無事に終わると、順調に舞踏《ぶとう》会も始まった。

大広間《ホール》にはたくさんの着飾《きかざ》った紳士淑女《しんししゅくじょ》が華《はな》を添《そ》えていて、ここにジェシカがいたらマシンガントーク炸裂《さくれつ》だったことは間違いない。聞きたかったなぁ、となんとはなしに思いながら、フェリシアはぼんやりとその光景を眺《なが》めた。

今回、侍女《じじょ》としてジェシカを連れてきたのは他《ほか》でもない、自分の侍女にならないかと勧誘《かんゆう》したとき彼女が迷いを見せたからだ。

フェリシアは、そこで一つの提案をした。

どっちみちこの式典に参加するにあたって、侍女の数は足りていなかった。ので、まずはその助《すけ》っ人《と》をしてみないか、と。他は王妃殿下《おうひでんか》の侍女から借りている。

そして今回のオルデノワ訪問には、ジェシカの他にも顔馴染《かおなじ》みのメンバーが一緒だった。

護衛のライラはもちろん、ゲイル、ダレン、ドミニクの四人だ。ダレンとドミニクは言わずもがな、ルアル採集部隊である。

それもあり、その二人はオルデノワに到着《とうちゃく》したときから別行動中だった。

（今頃リンデン卿《きょう》が紹介《しょうかい》してくれた商人と合流して、ルアルを手に入れてる頃かしら）

何の問題もなく進んでいれば、おそらくそうだろう。なんとか一本でもいいから、まずは手に入れてきてくれるといいのだが。

「フェリシア、なるべく私から離《はな》れないでね」

ウィリアムは、舞踏会が始まってからずっとこの調子だ。いつもより周囲を警戒《けいかい》しているようにも見えて、フェリシアは首を傾《かし》げるしかない。

この会場内で危険なものと言ったらブリジットだが、姉は今、彼女の夫と共に招待客の相手をしている。だから余計に不思議だった。

「ウィル、さっきから何を警戒してますの？」

「うん？　それはね、自らを路傍《ろぼう》の石と思い込んでいる、実はダイヤモンドさえ上回る愛らしい宝石を、汚《きたな》い手垢《てあか》から守ろうとね？」

よくわからないが、宝石というのは、フェリシアが身につけているヴァイオレットサファイアのことだろうか。今宵《こよい》のフェリシアは、ジェシカがいつもの癖《くせ》を発揮して仲間の侍女にドン引きされたほど、隙《すき》なく煌《きら》びやかに着飾っている。

ウィリアムが贈ってくれた淡《あわ》いラベンダー色のドレスを身に纏《まと》い、胸元《むなもと》には件《くだん》の宝石を使ったペンダントを。ピアスも同色でまとめて、言ってしまえば、全身彼の色で染められている。

気づいたとき、フェリシアはしばらくウィリアムの顔が見られなかった。

とにかく、せっかく彼が贈ってくれた宝石を、フェリシアだって手垢で汚《よご》されたくはない。

絶対守ろう、と心に誓《ちか》う。

「いたいた、フェリシア。ごめんね置いて行っちゃって。留学時代の友人が結構いて、挨拶回《あいさつまわ》りが大変でね」

会場入りしてから別れていたテオドールが、また戻ってきた。

「お疲《つか》れ様、リンデン卿。グランカルストの使者には挨拶した？」

「もちろん。ついでに陛下への伝言も頼《たの》んでおいたから、僕のミッションはほぼ終わりかな」

「ではこのままグランカルストへ帰国してはどうだい？」

「あなたなら言うと思ったよ。誰が帰国するものか。ところでフェリシア、せっかくの舞踏会なんだから、ぜひ僕と踊《おど》ってくれませんか？」

テオドールが右手を差し出す。

もちろんウィリアムとはすでに踊っていて、他に予約はない。これを断ればテオドールが恥《はじ》を掻《か》くことも知っているので、フェリシアはその手を取ろうとした。が。

「申し訳ないけれど、先約がいるんだ」

ウィリアムに手を奪われ、ダンスホールへと導かれる。背後でテオドールが何か言っていたが、この喧騒《けんそう》では届くものも届かなかった。曲に合わせてステップを踏む。

「まったく、さっそく手垢がつくところだった」

「え？　そうでした？　おかしいですわね。私も気をつけていたんですけど、全然わかりませんでしたわ」

「……これは話が噛《か》み合っているのかな、それとも噛み合っていないのかな。判断に迷うところだね」

　まあ、たぶん噛み合ってないのだろうけど、とウィリアムが続ける。

　さっぱり理解できなかったが、ウィリアムと二回も踊れるなんて、今日は良《い》い日だ。

　やがて曲が終わり、休憩《きゅうけい》のため料理や飲み物が用意されている隣室《りんしつ》へと移動した。

「これはこれは、ウィリアム王太子ではありませんか」

　部屋に入ってすぐ、フェリシアにとっては見知らぬ老紳士《ろうしんし》が、ウィリアムに親しげに声をかけてきた。

「これはコリンズ侯爵《こうしゃく》、お久しぶりです。まさかこのような場でお会いするとは」

「そうですね。私は親族がここの王族に嫁《とつ》いでおりますので招待に与《あずか》ったのですが、殿下《でんか》は？」

「私は陛下の名代ですよ。それより、紹介させてください。婚約《こんやく》者のフェリシアです」

　腰《こし》を軽く抱《だ》かれて、フェリシアは促《うなが》されるまま挨拶をした。

「初めてお会いします。グランカルスト王国第二王女、フェリシア・エマーレンスと申します。以後お見知り置きくださいませ」

「なんと、あのグランカルストの深窓の姫君《ひめぎみ》でしたか。噂《うわさ》と違《ちが》いとてもお美しい方ですね。初めまして、クレイル王国のコリンズ侯爵ウォルドと申します。殿下とは旧知の間柄《あいだがら》でして」

「そうでしたか」

　ということは、積もる話もあるだろう。

「ではわたくしは一度失礼しますから、ごゆっくりご歓談《かんだん》くださいませ」

「これは申し訳ない。気を遣《つか》わせてしまったかな、姫君」

　いいえ、大丈夫《だいじょうぶ》ですわ。と軽く一礼して、足を一歩引いたとき。

「できるだけ私の目の届く範囲《はんい》にいてね」

　ウィリアムに耳元で囁《ささや》かれて、咄嗟《とっさ》に首を縦に振《ふ》った。

（びっくりした。いきなり耳元で話すんだもの）

　頬《ほお》に少しだけ灯《とも》る熱を誤魔化《ごまか》すように、フェリシアはまず飲み物を手に取る。微炭酸《びたんさん》のスパークリングワインが、踊って渇《かわ》いた喉《のど》を心地《ここち》よく潤《うるお》していく。

　少し小腹も空《す》いていたため、何か食べようと物色していると、近くで人の気配が止まった。

「お嬢様《じょうさま》、よろしければ出来立てのサンドイッチはいかがですか？」

　まだテーブルの上にはサンドイッチが残っているが、減った分の配膳《はいぜん》にでも来たのだろう。

　せっかくなので、給仕《きゅうじ》が差し出した一口サイズのサンドイッチを、フェリシアはありがたく頂くことにした。ハム、ツナ、えびなどなど。種類が豊富で迷ってしまう。そのうちのハムのサンドイッチを手にとり、口の中に運ぶ。——と。

「あら、おいしそうね」

隣《となり》から見知らぬ女性の手が伸《の》びる。フェリシアは慌《あわ》ててそれを摑《つか》んだ。

驚《おどろ》く女性に、フェリシアは。

「あなたは食べちゃだめ。これはわたくしのだから」

「……え？」

女性が呆気《あっけ》にとられているうちに、フェリシアは残りのサンドイッチもぱくぱくと口の中に放《ほう》り込んでいく。

「ちょ、ちょっと？　いくらなんでも食い意地が張りすぎではなくて？　って聞いてるの？　ねぇ！」

無視して食べ続けていると、怒《おこ》った令嬢《れいじょう》がフェリシアの手を摑む。

彼女が怒鳴《どな》る、寸前に。

フェリシアと彼女の間に、大きな背中が割り込んできた。

「待って待って。こんなところで喧嘩《けんか》はよくないよ、レディ？」

「まあ！　テオドール様」

一瞬《いっしゅん》、本当に一瞬。フェリシアは、その大きな背中がウィリアムだと思った。

けれどすぐに違うと気づき、内心で落胆《らくたん》する。

女性はどうやらテオドールのことを知っているらしい。

「サンドイッチ以外にも、あっちにもっとおいしそうなブルスケッタやデザートがあったよ。

そちらはどうかな?」

「テオドール様がお勧《すす》めしてくださいますなら、そちらにしますわ。あの、ご一緒《いっしょ》にいかがですか?」

「えーと……」

今はテオドールの社交性に感謝しよう。そう決めたフェリシアは、テオドールの背中を軽く押した。

「でもフェリシア、大丈夫なの? なんか様子がおかしいよ?」

小声で訊《たず》ねられたので、フェリシアは大丈夫と返す代わりに、精一杯《せいいっぱい》笑った。

サンドイッチはすでに皿の上から消えている。あの給仕もいない。

後ろ髪《がみ》を引かれるようなテオドールを見送ると、フェリシアはどくどくとうるさい心臓を叱《しっ》咤《た》しながらその場を離《はな》れた。

ウィリアムには、目の届く範囲にいるよう言いつけられていたけれど。

(後で怒られるのを覚悟《かくご》しておかないとね)

それよりも今は、会わなければならない人がいる。

タイミング良く現れた給仕。差し出された毒入りのサンドイッチ。

毒は最初に食べたものにしか入っていなかったが、このやり口は、とても身に覚えがある。

フェリシアは、今まさに会場から出て行こうとする一人の女性を、足に力を入れて追った。

「お待ちください。そんなに急いでどこに行きますの？　お姉様」

廊下《ろうか》で振り返ったブリジットは、薔薇《ばら》よりも刺々《とげとげ》しい表情だった。フェリシアがまだ生きているとわかったあと、よく見せる機嫌《きげん》が悪いときの顔。

「……相変わらず雑草のようにしぶとい女ね、フェリシア」

「お褒《ほ》めいただき光栄ですわ。雑草も、土の乾燥《かんそう》を防いだりと、案外役に立ちますのよ」

「ふん。自分もそうだって言いたいのかしら。随分《ずいぶん》と図々《ずうずう》しくなったわね。シャンゼルの王太子と婚約したからって、調子に乗ってるんじゃない？」

乗っているのだろうか。わからない。

でも一つだけ言えるのは、ウィリアムの存在があるから、フェリシアは姉と決着をつけようと思えた。彼がいなければ、姉《トラウマ》と向き合おうとも思わなかった。

この変化がそうだというのなら、確かにフェリシアは図々しくなったのだろう。

「そういうお姉様は、随分と大胆《だいたん》になられたようですけど」

フェリシアは、小刻みに震《ふる》える指先を隠《かく》すように、両手でそれを握《にぎ》り込んだ。

今まではこっそりと盛られていたはずの毒は、今回、まるで人の目を気にしていなかった。それどころか、フェリシアがあの場で倒《たお》れることを望んでいたような大胆さ。

「そうね。だって私の計画では、今頃《いまごろ》あんたが毒で倒れて、会場がパニックになっているはずだったんだから。そうすれば憎《にく》いあんたを始末できて、ついでにこのふざけたパーティーも壊《こわ》せるはずだったのよ。なのに、なんで？　なんで倒れてないのよ。なんでまた私の邪魔《じゃま》をしてくるのよっ。あの毒でも倒れないなんて、ほんと気色悪い子！」

（酷《ひど》い言い様ね）

フェリシアがこうなったのは――身体《からだ》に毒を慣らす羽目になったのは、全《すべ》て姉のせいなのに。

「気味が悪くて、醜《みにく》い子。だからお兄様からも嫌《きら》われちゃったのよ。ざまあないわね。ふふ」

ぐっと、手のひらに爪《つめ》が食い込む。それでも表面的には、あくまで笑顔《えがお》を。

睨《にら》んでも、悔《くや》しがっても、それは姉を喜ばせるだけなのだから。

「何よその顔!?　あなたのそれ、一番醜くて嫌いだわ！　婚約者の彼もかわいそうにね。こんな気味の悪い女を押しつけられて！」

まだ大丈夫。まだ耐《た》えられる。

「そもそもなんであなたがウィリアム殿下と婚約なんかしてるのよ？　おかしいじゃない。ウィリアム殿下といえば眉目秀麗《びもくしゅうれい》で、優秀《ゆうしゅう》で、なおかつシャンゼルは一夫一妻制！　ねぇ、わかる？　一夫多妻制がどれほど大変か。他《ほか》の女の子どもが王太子になるのが、どれほど屈辱《くつじょく》的か。このままじゃ私の立場がなくなるのよっ。せっかく力のあるオルデノワ国王の許《もと》に嫁いだっていうのに、これじゃなんの意味もないじゃない！　だいたいもう待てないって何よ。私だって好きで産まないんじゃないのにっ。こんなことなら、私がウィリアム殿下の婚約《こんやく》者になっておけばよかったわっ」

最後の言葉に、フェリシアは思わず反応してしまった。

それに気づかない姉ではない。毒林檎《どくりんご》を完成させた魔女のように、ニヤリと口角を上げて。

「あら？　もしかして知らないの？　本当はね、シャンゼルに嫁ぐのは、私のほうだったのよ」

「……お姉様が？」

「当然でしょ？　だってシャンゼル側が最初に要求したのが、この私だったんだもの」

だから仕方ないでしょ？　と姉が続ける。

ウィリアムが最初に婚約者に選んだのが、本当はブリジットだったということ。けれどタッチの差でオルデノワからも求婚され、姉がオルデノワを選んだこと。でもこんなことならシャンゼルを選べばよかったと。きっと彼もそのほうが良かったに違いないと――。

（面白《おもしろ》いくらい、好き勝手に言ってくれるのね）

くす、とフェリシアから微笑がもれた。

「なんで笑ってるのよ」

「ごめんなさい。でもわたくし、お姉様のそのいつも自信満々なところ、嫌いではありませんでしたわ。むしろ羨《うらや》ましかった。わたくしは、自分に自信なんて持てなかったから」

いや、今も自信がないことはある。シャンゼルではこぞってみんながフェリシアの容姿を褒めてくれるけれど、きっとお世辞だろうと素直《すなお》に受け取れない自分がいる。

愛を信じられなくて、たくさん遠回りしたこともあった。

　でも今は、少しだけ変われたから。

「そのお話、嘘《うそ》ですわね？」

「っ！」

「ウィリアム殿下《でんか》がお姉様を選んだ？　嘘ね。少し前のわたくしなら、きっとそうかもしれないと動揺《どうよう》しました。でも今のわたくしは、お姉様のそんな嘘に騙《だま》されないほど、信じられる人がいるの」

　たった一人だけ、誰《だれ》よりも信じたいと思える人ができた。

「ただ、そうですわね。もしもお姉様の言葉が真実だと言うのなら――」

　フェリシアは、すっかり温度を失《な》くした自分の指先を、ぐっと相手に向けて。

「お姉様はわたくしにとって〝邪魔者《じゃまもの》〟ですから、消えてもらわないといけませんわ。だってこの世界は、邪魔者が消える運命なんですから」

「なんですって？　邪魔者はあんたのほうでしょ！」

　ブリジットが手を振《ふ》り上げる。その動作を見ても、フェリシアの頭は冷静だった。

　振り上げられた腕《うで》が落ちてくる。そこでふと重なったのは、前世で見た乙女《おとめ》ゲームのワンシーンだ。

　それは、悪役のフェリシアが、逆上してヒロインを殴《なぐ》るシーン。

　ヒロインはヒーローに助けられていたけれど、現実はそう甘くない。フェリシアは歯を食いしばり、目をぎゅっと瞑《つむ》った。

――パァン！

乾《かわ》いた音が薄暗《うすぐら》い廊下に響《ひび》く。

なのに、フェリシアはどこも痛くない。毒の影響《えいきょう》で身体が怠《だる》いだけで、叩《たた》かれたときのような、鋭《するど》い痛みはどこにもない。

閉じていた目を開けると、その先に、見覚えのある逞《たくま》しい背中が見えた。

今度こそ、間違《まちが》えようのない、ウィリアムの。

「私の婚約者に、何か？」

静かな声だった。相手を萎縮《いしゅく》させる声だった。

ブリジットがひっと息を呑《の》む。

「私があなたを選んだ、なんて話が聞こえてきましたけれど」

おかしいですね、と彼がくすりと笑った気配がした。見えなくてもわかる。今、彼は、ぞっとするほどの冷笑《れいしょう》を浮《う》かべている。

「私の婚約者は十年前からただ一人、フェリシアだけですが。私が苦労してやっと手に入れた彼女の耳に、なぜそんな妄言《もうげん》を吹《ふ》き込めるのでしょうね？　仮にもオルデノワの第一王妃《おうひ》が、

他国の王太子の、婚約者などと。喧嘩《けんか》を売っているのはオルデノワ？　シャンゼル？　それとも——両国に？」

勝敗は明らかだった。ウィリアムに気圧《けお》されたブリジットは、最後、悔しそうにフェリシアをひと睨みすると、何も言わずに踵《きびす》を返していく。

「ウィル……」

我《われ》知らず、安堵《あんど》の息を吐《は》いた。

「気づくのが遅《おく》れてごめん。大丈夫《だいじょうぶ》だった？」

彼が労《いたわ》るように手を握ってくれる。が。

「!?　手が冷たい？　なのに汗《あせ》を……——まさかっ」

「ねぇ、ウィル。十年前って、何のこと？」

「今はそんなことより解毒《げどく》しよう。毒を盛られたね？」

小さく頷《うなず》く。といっても、身体に毒を慣らしていたおかげで、フェリシアなら死ぬほどではない。

ただ、一つ気になったのは。

姉の纏《まと》う雰囲気《ふんいき》が、昔よりどこか淀んでいたことだ。

あれは見間違いだろうかと考えていたら、突然《とつぜん》ウィリアムに横抱《よこだ》きにされた。

「ウ、ウィル!?」

「君のことだ。お手製の解毒薬があるんだろう？」

「えっと、まあ。お姉様はだいたい同じ毒を使いますので、解毒薬の準備くらいは……ってどこに行きますの!?」

こんな恥《は》ずかしい体勢で。と叫《さけ》びたかったが、ウィリアムが駆《か》け出したため、その振動《しんどう》に驚《おどろ》いて口を閉《と》ざす。

結局フェリシアは、そのまま体調不良ということで舞踏《ぶとう》会を退席することになった。

そして賓客《ひんかく》用に与《あた》えられている離宮《りきゅう》に戻《もど》ったとき、様々な方面からこっ酷《ぴど》く叱《しか》られる羽目になったのだが、ちょっとだけ納得《なっとく》のいかないフェリシアだった。

眩《まぶ》しい、と目を覚ましたのは、翌朝のことである。

部屋の大きな窓から入る朝日が、ちょうどフェリシアの寝《ね》ているベッドを照らした。

「おはようございます、フェリシア様」

「おはよう、ジェシカ」

朝起きてすぐに誰かと交《か》わす挨拶《あいさつ》は、前世ぶりだ。変な感じである。

でもそれがジェシカだから、特に気を張ることもない。彼女には裏表がないから、安心してそばに置ける。

「あら？　ジェシカ、目が赤いわよ。昨日そんなに泣いたの？」

ふふ、と込み上げる嬉《うれ》しさに目を細めると、ジェシカはまたうるっと涙目《なみだめ》になった。

「フェ、フェリシア様のせいじゃないですかっ。昨日、あんな、本当にびっくりして……っ」

「そうね。ごめんなさい。でも昨日も言ったけど、別にあれくらい平気よ？　日常茶《さ》飯事《はんじ》だもの」

「そんなの日常茶飯事にしないでください！」

「それはお姉様に言ってほしいけど……。でもほら、おかげで毒に強い身体《からだ》になったわ！　生きがいの趣味《しゅみ》も見つけたし、悪いことばかりじゃないでしょ？」

　とっても理解できないという顔をされるが、フェリシアも嘘はついていない。姉のことは大《だい》嫌《きら》いだけど、憎《にく》んではいないのだ。

　最初は、憎む前に自分の命を守るのに必死だった。

　今は、憎むよりもずっと素敵な生きる理由がある。おかげで憎む暇《ひま》もない。

　ジェシカが持ってきてくれたアーリーモーニングティーを飲みながら、フェリシアはそっと口元を緩《ゆる》めた。

「あ、あの、フェリシア様」

「なあに？」

「その、こ、怖《こわ》くは、ないのですか？」

「怖い？」

たどたどしく口を動かしながら、ジェシカは今日着るワンピースを持ってきてくれる。旅の道中でも思ったが、彼女は意外と仕事が早い。そつなくこなす。

けれど、びくびくとした話し方のせいで、周囲には見下されているようだった。

「だって、普通《ふつう》は、怖いじゃないですか。やり返したら、また、自分に来るかも、って」

ワンピースに袖《そで》を通す。ジェシカが背中のファスナーを上げてくれる。

「怖いわよ」

「……え？」

振り返って、もう一度言った。

「わたくしだって怖いわよ。でもね、ずっと怯《おび》え続けるだけで、最後に死んでしまったら？　悔《くや》しいわ、とっても」

悔しい。悔しかった。私だって生きたいのに、と。

「これは私の人生だもの。他《ほか》の誰《だれ》かに奪《うば》われたくはないわ。だから闘《たたか》うの、怖くても」

「た、たかう」

「といっても、闘い方は人それぞれだけどね。わたくしにはわたくしなりの闘い方があるように、ジェシカにはジェシカなりの闘い方があると思うの。もしそれがわからないなら、今はとりあえず、相手に怯《ひる》まず毅然《きぜん》とするだけでも、全然いいと思うわ」

「どうしてですか？」

「人を虐《いじ》める奴《やつ》ってね、人の傷ついた顔が好きだからよ。自分が強者になったように錯覚《さっかく》できるから。だからね、相手の好物なんて与えちゃだめ。逆に相手の嫌《きら》いなものを与えてやるの。でね、そうしつつ、自分は好きなことを見つけるの」

へ？　と、ジェシカが間抜《まぬ》けな声を出した。どういうことかと、彼女の顔に書いてある。

「自分の世界がそこだけだと思うから、抜け出せなくて、自分で自分を追い詰《つ》めてしまうのよ。でも違《ちが》うわ。顔を上げれば、世界はもっともっと広いんだって気づける。そこ以外にも、自分の居場所はあるんだって気づける。無いなら見つければいい。だって世界は広くて、他にもたくさんの場所があって、色々な人がいるんだから。それに気づけたら、もう大丈夫よ。その小さな世界を抜け出して、新たな世界を広げるの。そこで好きなことを見つけられたら、きっとそっちに夢中になるわ。そうしたら、ほら、もう虐めてきた奴のことなんて頭にないでしょう？」

「世界を、広げる」

「わたくしの場合は、それが薬草や毒草だったって話よ」

フェリシアは、ジェシカの両手をそっと包み込むと、額を合わせて言った。

「そういうわけだから、差し当たってはわたくしの侍女《じじょ》という新しい世界を、今は楽しんで？」

身支度《みじたく》を整えると、フェリシアは食堂ではなく、応接室に向かった。

実は昨日、自分の想像を超《こ》えて周囲から心配されたため、一度全員部屋から締《し》め出した経緯《けいい》がある。いつもならそんなことはしない。けれど、心配を通り越してお説教を始めた彼らの言葉を、毒に侵されたフェリシアでは受け止め切れなかった。ので、起きたら必ず応接室に顔を出すからと一方的に告げて、フェリシアは安眠《あんみん》を手に入れたのである。

「おはようございます、皆《みな》さま……？」

扉《とびら》を開けた瞬間《しゅんかん》から、どんよりとした空気が伝わってきた。

「フェリシアちゃん！」

悲愴《ひそう》な顔をしたダレンが、一番に駆け寄ってくる——前に。

「フェリシア、気分は？　毒は？　もう動いて大丈夫《だいじょうぶ》なの？」

「ちょっ、痛い痛いっ。顔、顔っ！」

ウィリアムが割って入ってきた。ダレンを押し退《の》けるように、左手で彼の顔を押さえながら。

「えっと、大丈夫ですわ」

私は、と内心で付け足しておく。ダレンはどう見ても大丈夫ではなさそうだが。

「そう、ならよかったけど……。一人にして本当にごめん。まさかあの大勢の中で仕掛《しか》けてくるとは思わなくて……油断した」

「殿下《でんか》……」

ごめん、ともう一度繰《く》り返して、彼が片手で優《やさ》しく抱《だ》きしめてくる。爽《さわ》やかでいて、ほんのりと甘くほろ苦い彼の匂《にお》いに、心がほっとした。

「って、いつまで人のこと除《の》けモンにしてんだコラァ！」

最近第二の母が父と化してきているような気がして、フェリシアは苦笑《くしょう》する。

「や～、でもよかったっすよ。王女さんが何もなくて。俺は言ったんですよ？　あの毒なら死にはしないって。でもまーあれっすよね。どうやら殿下、前回の毒殺未遂《みすい》事件がトラウマになってるみたいで。待ってる間俺が殺されそうでした」

深刻そうに報告されるが、自業《じごう》自得だと思うのはフェリシアだけか。

「ほっほ。まあお嬢《じょう》さんが元気で何よりじゃったの。ここに優秀《ゆうしゅう》な薬師《くすし》と医師が揃《そろ》っておったのも僥倖《ぎょうこう》じゃったわい」

「はい、それは本当に。ありがとうございました、ドミニク先生、ダレン」

「そんなお礼だなんて！　あたしとフェリシアちゃんの仲じゃない。大したことなくて本当によかったわ。——でも、あの女狐《めぎつね》はどうしてくれようかしらねぇ？」

「あ、じゃあお返しに俺が盛ってきましょうか？」

なんだか不穏《ふおん》な会話が始まり、気の弱いジェシカがあわあわと震《ふる》え始める。

「王女殿下」

そのとき、部屋の片隅《かたすみ》で沈黙《ちんもく》を貫《つらぬ》いていたライラが、フェリシアにそっと近寄ってきた。

躊躇《ためら》いなく頭を下げられる。

「お守りできず、申し訳ありませんでした」

「ライラ？」

なぜ彼女が謝るのだろう。困惑《こんわく》した。だって、他国での舞踏《ぶとう》会のとき、騎士《きし》を共に連れて行けないのは当然だからだ。

「ライラはね、普段はお金のことばかり口にするけれど、本当は情に厚いんだよ。なんだかんだ言って、ライラは私より君を選んだくらいだから」

「え？」

「君の護衛を続けたいと言ったのは、ライラ自身だ。ね、ライラ？」

「……」

ライラは少しだけ顔を上げると、不満げにウィリアムを睨《にら》んでいた。まるで秘密を暴露《ばくろ》された年頃《としごろ》の乙女《おとめ》のように、仄《ほの》かに目元を染めながら。

（え、うそ、本当に？　あのライラが、私を？）

「〜っなにそれかわいい！」

感極《きわ》まって、小柄《こがら》な身体《からだ》をぎゅっと抱きしめた。懐《なつ》かない猫《ねこ》に懐かれた人は、皆こんなに嬉《うれ》しい思いをしているのだろうか。そりゃあなんとかして懐かせようとするわけである。

ぎゅーっといつまでも可愛《かわい》がっていたら、さすがに本人とウィリアムからストップをかけられたのだった。

朝食を終えたあと、一同は再び応接室に集まっていた。ルアル採集の報告を聞くためだ。

「結論から言って、だめだったのよぉ」

ダレン曰《いわ》く。どうやらルアルはオルデノワの中でも珍《めずら》しい植物で、国立薬草園でしか栽培《さいばい》していないのだとか。

また輸出が制限されているため、継続《けいぞく》的な供給も不可能に近いらしい。

話を聞いた商人は、たまたま高貴な知り合いを通じて手に入れることができたが、紹介《しょうかい》するなら別途《べっと》料金発生と言われ、とんでもない金額を吹《ふ》っかけられたとか。さすが商人。ちゃっかりしている。

「人の足元見て嫌《いや》んなっちゃうわぁ、あのハゲデブ。もちろん断ってやったけど。しかもね～、どうやらルアルって、満月の夜に採集したものじゃないと、薬効がほとんど無いも同然らしいのよ」

そ・こ・でぇ。とダレンが導き出した作戦が。

「残念な純情ボーイを召喚《しょうかん》してみたのぉ」

「だから誰が残念な純情ボーイだ!!」

バンッと扉から現れたのは、息切れを起こしているテオドールだった。

わぁナイスタイミング～、とダレンがからかうように拍手《はくしゅ》を送っている。

「あなただな⁉　僕の宿に変な手紙を寄越《よこ》したのは！」

「え～？　何のことかしらん」

フェリシアは察した。間違《まちが》いなくダレンの仕業《しわざ》だ。

「『昨夜のあなたとのダンスが忘れられないの。会いたいわ。すぐにロゼーナ宮に来て。フェリシア』。これのことだ！」

ぎょっとした。自分の名前が使われていることもだが、なんだその恋文《こいぶみ》のような手紙は。ちなみにロゼーナ宮というのは、フェリシアたちが宿泊《しゅくはく》しているこの離宮《りきゅう》のことである。

「ちょっとダレン！　どういうことよっ」

その手紙には、フェリシアはもちろんのこと、

「あなたがそんなに早死にしたかったとは知りませんでしたよ、ダレン殿《どの》」

ウィリアムも笑顔《えがお》が怖《こわ》いことになっている。

「やぁだ、ジョークよ、ジョーク！　これならさくっと来てくれると思ってぇ。実際早かったじゃない。ね？」

「ね、じゃない！　いくら嘘《うそ》を見抜《みぬ》くのが下手と言われる僕でもな、これが嘘だってことくらいすぐにわかったぞ！　だって……だってっ、昨夜はフェリシアとダンスなんて踊《おど》れなかったから……！」

「わぁ……」

テオドールに哀《あわ》れみの視線が、そしてなぜかウィリアムに呆《あき》れの視線が集まった。

「マジっすか殿下。一曲くらい許してあげればいいのに」

「その一曲で舞《ま》い上がるのが目に見えているから、彼はナシだ」

「あー確かに。尻尾《しっぽ》振《ふ》ってそうですもんねぇ。でも残念な純情ボーイさん、嘘だとわかっててなんで来たんすか？」

ゲイルの言うとおりだ。何かの罠《わな》だと思わなかったのだろうか。

「まずその呼び方を定着させるな！　あとな、フェリシアの名前がある以上、嘘だとわかってても気になるじゃないか。もし本当だったらどうするんだ。もしかしたらフェリシアが、本当に僕とのダンスを忘れられないと思ってくれたかもしれないじゃないか！」

これはもう、何から突《つ》っ込めばいいのだろう。

あげく、ウィリアムまで。

「思わない。一生、絶対、あなたとは踊らせないから、そもそも思えないよ」

「本物の悪魔《あくま》かあなたは!?」

収拾《しゅうしゅう》がつかないことを言うから、フェリシアは快復早々頭痛を再発させることになっていた。

「ああ、なんだ。それくらいなら簡単だけど」

ダレンがテオドールにお願いしたのは、国立薬草園への仲介《ちゅうかい》だった。

テオドールはここに留学していたこともあり、この場の誰《だれ》よりもオルデノワの知り合いが多い。そこに希望を託《たく》し、訊《き》いてみたのだが。

「留学中酒場で飲んでいたときに、そこで働いているって言う人と意気投合したんだ。彼は気前のいい人だったから、頼《たの》めばルアルのことも融通《ゆうずう》をきかせてくれると思う。でもそうか、ルアルはそこにあったのか。もっと早く知ってれば……」

なんてぶつぶつ言っているが、他一同は肩透《かたす》かしをくらったようにぽかんである。テオドールの顔の広さはどこまでなのだろう。

「あんた、いったいどんだけ知り合いいるのよ」

ダレンが呆然《ぼうぜん》と口からこぼすと、テオドールがけろりと答えた。

「それはオルデノワに限ってか？　だったら、王都の三分の一は知った顔だと思うぞ」

今度は顎《あご》が落ちた。ダレンの。ゲイルの。ウィリアムでさえ、目をぱちくりとさせている。

「ん？　そんなに驚《おどろ》いてどうした？　これくらい普通《ふつう》だろう？」

「「普通じゃない！」」

そうだ。普通じゃない。大いに同意する。フェリシアなんて、祖国でさえ顔見知りなんてほとんどいないのに。

（あ、自分で思って悲しくなってきたわ）

　とにかく、とまた話が脱線《だっせん》しないよう、ダレンが真面目《まじめ》な顔をして言う。

「いーい？　ルアルは満月の夜に採集したものしか薬効がほとんど出ない。そして嬉しいことに、今夜がその満月なの。準備する時間はあんまりないけど、このチャンスを逃《のが》すわけにはいかないわ。なんとしてでも今夜、ルアルをいただくわよ！」

「おー！」

　なぜかテオドールが一番元気に返事をしていた。


　テオドールのおかげで国立薬草園への入園許可が下りた一行は、さっそく日が暮れた頃《ころ》、王都の外れにあるそこへ馬車で向かっていた。

　国立薬草園は、普段から一般客《いっぱんきゃく》の入園も許可している。しかし夜間の入園は基本的に認められておらず、ましてやルアルという珍しい薬草を見せてもらえるところまでこぎつけられたのは、やはりテオドールの人並み外れた人脈のおかげだろう。なにせ、急なお願いだったにもかかわらず、相手は二つ返事で了承《りょうしょう》してくれたのだから。

「義兄上《あにうえ》は良《い》いこま……部下をお持ちだね。あれは便利だ」

（今〝駒《こま》〟って言ったわ、駒って）

さすが腹黒鬼畜《きちく》キャラである。考え方がえぐい。

　馬車は二台。フェリシアが乗っているここには他《ほか》にウィリアムだけで、ライラが馬の手綱《たづな》を握《にぎ》っている。後ろのもう一台に、ダレン、テオドール、ドミニクの三人が乗っており、ゲイルが手綱を握っていた。

　馬車が、急に荒《あら》っぽく止まった。馬の嘶《いなな》きがして、ウィリアムがフェリシアを庇《かば》うように頭からすっぽりと腕《うで》の中に閉じ込める。

「ライラ、どうした！」

「魔物《まもの》です！」

　互《たが》いに弾《はじ》かれたように顔を見合わせる。事態の緊急《きんきゅう》度を悟《さと》り、すぐに馬車から降りた。

　ライラが剣《けん》を構えている。その前方に、確かに黒いモヤが見える。闇夜《やみよ》とは違う、それよりももっと黒く、ねっとりと、ゆらめくもの。——瘴気《しょうき》だ。

「なんで魔物がここに……」

　フェリシアが困惑《こんわく》気味に呟《つぶや》くと、答えは隣《となり》のウィリアムから返ってきた。

「オルデノワも、うちほどではないにしろ、魔物が出る国だからね」

　そういえばそうだった、とフェリシアは勉強したことを思い出す。それを初めて知ったとき、結構な衝撃《しょうげき》を受けたことも同時に思い出した。

「シャンゼルが桁違《けたちが》いに出るから、縁《えん》の薄《うす》いグランカルストのような遠国からはよく勘違《かんちが》いされるんだ。でも魔物は、シャンゼルに限った問題じゃない。聖女を派遣《はけん》することもあるくらい、どちらかというと大陸の東側に渡《わた》る問題かな」

すると、追いついてきた後ろの馬車から、ダレンやテオドール、ゲイル、ドミニクもやって来る。

「ちょっとちょっと、これ、どういうことっすか殿下《でんか》」

「あたしには動物らしくない動物が見えるんだけど、あれは間違いなく……」

「魔物だな」

意外なことに、テオドールが断言した。

「リンデン卿《きょう》、魔物を知ってるの？」

「うん、一度だけ留学中に見たことがあって。僕にも変形した動物にしか見えないけど、きっと見える人には瘴気が見えるんだろう？　ウィリアム王太子」

「ああ。といっても、見える人間は限られていて、私は自分以外ではサラとフレデリクしか知らないけれどね」

とすると、その動物から立ち上る黒いモヤが見えるフェリシアは、数少ない瘴気が見える人間だということだろうか。

数は、闇に紛《まぎ》れて正確ではないが、おそらく十頭ほど。

けれど、魔物に慣れているシャンゼルの人間でさえ、言葉を失ったのは。

その魔物の側《そば》から〝人〟が現れたからだった。しかもその人物は、フェリシアのよく知る、

「お、ねえ、さま……？」

大嫌《だいきら》いな姉、ブリジットだった。

さらにフェリシアが、ウィリアムが息を呑《の》んだのは、そのブリジットにも淀《よど》んだ瘴気が纏《まと》わりついていたからで――。

「これは、想像以上だな……！」

ウィリアムの声を合図としたように、魔物が一斉《いっせい》に襲《おそ》いかかってきた。

「ねぇちょっと！　なんでこの魔物ちゃんたち、倒《たお》しても倒しても起き上がってくるのぉ!?」

「うるさいぞ小姑《こじゅうと》！　もう少し静かに戦えないのか！　気が散る！」

「あん!?　そっちこそうるさいわね残念な純情ボーイ！」

「なんだと!?」

「いや～、一番うるさいのはあんたら二人だと思いますけどねぇ。ね、殿下」

「おまえもうるさいよ、ゲイル」

「わぁ」

カオスだ。とりあえず、一番静かなのはライラで間違いない。戦いが始まってからまだひと言も喋《しゃべ》っていないのだから。

ウィリアム、ライラ、テオドールの三人は剣をメインに。

ダレンは拳《こぶし》を、ゲイルは暗器を使って魔物と対峙《たいじ》している。

フェリシアは同じく非《ひ》戦闘《せんとう》員のドミニクと共に、後ろにさがって戦いを見守っていた。

ダレンの言うとおり、魔物は斬《き》られても殴《なぐ》られても毒を食《く》らっても、一度は倒れるのに、また起き上がってくる。

（まるでお姉様に憑《つ》いている瘴気を吸い取って、糧《かて》にしているみたいだわ）

人が瘴気を纏っているのは、ウィリアムでさえ初めて見ると言う。それは乙女《おとめ》ゲームの知識があるフェリシアも同じだ。前世の妹は、魔物は瘴気が取り憑いた動物だと言っていた。

（あ、でも黒幕は？　そういえば黒幕と一緒《いっしょ》にいた魔物に、ウィリアムはやられるのよね？）

喉《のど》奥で唸《うな》りながら、一生懸命《いっしょうけんめい》思い出そうと頭を捻《ひね》る。

もしくは、前世の妹がそんなことを言っていなかったか、彼女との会話を思い出そうとする。

（そういえば画面の隅《すみ》に、たくさん檻《おり》みたいなのが描かれていたような？）

それについて妹が何か言っていた気がするのに、そこまでは思い出せない。

（でもお姉様は、魔物を従えている、という感じではないのよね）

ブリジットは確かに瘴気を纏っているが、先ほどから魔物に命令しているわけではない。ただ俯《うつむ》き加《か》減《げん》で立ち、ぶつぶつと何事かを呟き続けているだけだ。

だとしても、瘴気はなんとかしたほうがいいだろう。そう思ってドミニクを振《ふ》り返ろうとしたとき、瘴気に覆《おお》われた姉の姿に、一瞬《いっしゅん》、自分を嘲笑《あざわら》う昔の姉の姿が重なった。

お腹《なか》をぎゅっと押さえるように服を握る。侵食《しんしょく》してくる過去《おもい》を振り払《はら》うように、フェリシアは今度こそドミニクを振り返った。

「先生、薬の材料って、持って来てますわよね？」

突然《とつぜん》訊《たず》ねられたドミニクは、その意図を探《さぐ》るように慎重《しんちょう》な口調で答えた。

「馬車の中にあるが……どうする気じゃ？」

「お姉様が瘴気のせいでおかしいなら、効くかもしれません」

そう言うと、フェリシアは次にウィリアムを振り返る。ウィル！　と彼に向かって叫《さけ》んだ。

「私、薬を作ってきます！　そうすれば、魔物もお姉様も、何とかなるかも！」

届いた声に刺《さ》し貫《つらぬ》かれたように、ウィリアムが動きを止める。おもむろに視線が絡《から》まって、フェリシアは瞬《まばた》きすら許さないよう目に力を入れて見つめた。

先に逸《そ》らしたのは、ウィリアムだ。彼はライラに何事かを命令したようで、受けたライラがフェリシアの許《もと》に駆《か》け寄ってくる。

「王太子殿下より伝言です。姉君を、本当に助けてよいのか、と」

ウィリアムは姉の仕打ちを知っている。それでそんなことを訊《き》くのだろう。ずくんとお腹が痛んだ。

それでもフェリシアには、そんなことよりずっと大切なことがある。だから。

「助けます。お姉様を。何より、あなたを！」

伝言を持ってきたライラではなく、ウィリアムに答えるために声を張った。

だから、そんな意地悪を言わないで、と。

頬《ほほ》を膨《ふく》らませれば、ウィリアムが声を出して笑った。

「わかったよ。行っておいでフェリシア。ここは何とかしておくから」

さっそく材料を持ったフェリシアは、ドミニクとライラと共に走り出した。

テオドールが先に話を通してくれていたこともあり、国立薬草園の職員はすんなりとフェリシアたちを中に入れてくれた。

目的のルアルがある場所へと案内してもらい、ようやく対面する。それは、フェリシアが見たことのあるものと同様、変わった形の白い花を下向きに咲《さ》かせ、すずらんのように涼《すず》しげに群生していた。

けれど、決定的に違ったのは。

「本当に、光ってる……」

そう、白い花一つ一つが、淡《あわ》い光を放っていた。まるで降り注ぐ満月の光を宿したように。

「時間がないわ。すみません、一本だけでいいんです、ルアルを摘《つ》み取っても構いませんか？」

「え、えぇ。テオドールくんから話は聞いていましたので、どうぞ。ですが一本だけですよ。

僕が誤魔化《ごまか》せるのは、それだけです」

「十分ですわ、ありがとうございます。ついでになんですが、ここが国立の薬草園なら研究も行ってますわよね？　緊急《きんきゅう》事態なんです。調剤《ちょうざい》室があったら貸してください。人の命がかかってるんです！」

フェリシアが頭を下げると、その職員はしばしば渋面《じゅうめん》を作りながら悩《なや》ましげな唸《うな》り声をあげる。祈《いの》るように返事を待っていたら、相手の「わかりました」という消極的な声を耳が拾った。

「いいんですか!?」

「あなたが嘘《うそ》を吐《つ》いているようには見えませんし、そうやって頼まれたら、断れません」

「ありがとうございます！」

フェリシアが彼の手を握《にぎ》る勢いで感謝を伝えると、ドミニクが懐《ふところ》から何かを取り出していた。

「おぬしが好青年で助かったわい。良い子にはほれ、わしからプレゼントじゃ。布教用」

取り出したものをドミニクが彼に渡《わた》そうとするのを見て、フェリシアは反射的に止めようとした。悲しいかな、悪戯《いたずら》好きのおじいちゃんの贈《おく》り物に、まともなものは一つもなかった。が。

「えっ、これってあのドミニク・スペンサー著の研究書じゃないですか！　こっちこそいいんですか!?」

止めようと伸《の》ばした手が宙を切る。職員の手にあるものを見やれば、確かに本がある。なんの仕掛《しか》けも変哲《へんてつ》もない、ただの研究書だ。中身が白紙にもなっていない。

（ま、まとも……！　あの先生がまともな贈り物を⁉）

なんならその研究書、自分が欲しいのだが。なんて思ってしまったフェリシアである。

「さ、お嬢《じょう》さん。さっそく調薬を始めるぞい」

「は、はい！」

調剤室まで職員に案内してもらうと、フェリシアはすぐにドミニクと調合の準備を始めた。

作業台の上に全《すべ》ての材料を並べていき、ドミニクと分担してあるものはすり潰《つぶ》し、あるものは砕《くだ》き、またあるものは切り刻んでいく。ルアルは生のままで煎《せん》じた。

そうしてやっと、やっと完成する。

ずっとルアルが見つからなくて、苦戦に苦戦を重ねてきた。

代わりの薬草さえ許されなかった。

そんな、難儀《なんぎ》な薬が、やっと出来上がってくれたのだ。

「……でも、本当に出来たのよね？　大丈夫《だいじょうぶ》なのよね？」

心配になる。だって今フェリシアが完成させたものは、いつもの嘔吐《おうと》剤《ざい》ではないからだ。作り方は同じでも、その役割《きたい》は大きく変わってしまっている。もうなんの責任も持たない、自分用のものではない。

それを実感してしまうと、少しだけ怖《お》じ気づいてしまった。

「大丈夫じゃ」

その心を見透《みす》かしたように、ドミニクが自慢《じまん》の髭《ひげ》をピンとさせて言う。

「自分以外のために薬を作ったのは初めてか？　大丈夫じゃ。それは皆《みな》が通る道であり、皆が自分で克服《こくふく》してきた悩みじゃ。誰《だれ》よりも熱心に開発していたおぬしに、克服できない悩みではないのう。少なくともわしは、そう思うぞい」

「先生……」

フェリシアを安心させるように、ドミニクが顔中をしわくちゃにして笑ってくれる。

「だからほれ、自分と、一緒に頑張《がんば》ってきた仲間を信じて行きなされ。王太子が待っておる」

「はい、行ってきます！　ちなみに先生は」

「さすがにわしはもう無理じゃ。疲《つか》れたわい。警備隊を呼んでおくから、あとは任せたぞい」

「わかりましたわ。——ライラ、行くわよ」

「御意《ぎょい》」

案内してくれた職員にお礼を言って、ドミニクのことを頼《たの》むと、来た道を駆け戻《もど》る。

こんなに全力疾走《しっそう》するのはいつぶりだろう。おそらく前世ぶりだ。普通《ふつう》のお姫様《ひめさま》より体力はあると思っていたが、一緒に走るライラを見ていると、そうでもないような気がしてきた。

喉と脇腹《わきばら》の痛みを我慢《がまん》し、やがて、戻ってきた場所では。

「いや、さすがに、つらっ」

「はっ、シャンゼルの騎士《きし》は、体力がないな！」

「そういうあなたもぉ、息切れ、起こしてる、じゃない？」

「あなたもな！」

魔物は何頭かが地面に伏《ふ》しているが、対するウィリアムたちも相当疲弊《ひへい》していた。

「ウィル！」

薬が出来たの、と叫ぶ前に、フェリシアの存在に気づいた魔物が襲《おそ》いかかってくる。

ライラが剣《けん》で応戦する。柄《つか》で打撃《だげき》を加えると、魔物が怯《ひる》んだところに追撃の回し蹴《げ》りをお見《み》舞《ま》いした。

その隙《すき》を突いて、ライラがフェリシアの背中を押す。行け、と別の意味でも背中を押してもらっている。

フェリシアは迷わず走り出した。向かうはブリジットの許である。

その意図を理解した他《ほか》のみんなが、魔物の気をフェリシアから逸らそうと攻撃《こうげき》を仕掛《しか》けていく。

（とにかくお姉様さえ、何とかすれば……！）

ブリジットの瘴気《しょうき》さえ、無くなれば。

そうすれば、せめて魔物が再び立ち上がることはなくなるはずだ。いや、そうであってくれないと困る。その希望の下《もと》、フェリシアはがむしゃらに足を動かした。

それに、姉にはまだ言いたいことがあるのだ。瘴気に犯《おか》されて自我のない姉ではなく、正気の姉と、これまでの決着をつけたい。つけなければならないから。

（だから、さっさと元のお姉様に戻ってよ！）

手を伸《の》ばす。あとちょっと。微動《びどう》だにしないのはありがたい。このままその不気味に歪《ゆが》んだ口の中に、お手製の薬を飲ませてやるのだ。びっくりするほど不味《まず》いから、絶対これで、正気に戻るはず――。

「フェリシア!!」

ドンッ、と強い衝撃《しょうげき》を受けた。二重の衝撃だ。

一つは何かに覆《おお》い被《かぶ》され、一つはその覆い被さったもの諸共《もろとも》、上から貫かれたような衝撃。

でも、フェリシアの身に、貫かれた穴はない。痛みもない。強《し》いて挙げるなら、痛いよりも、苦しい。強く、強く抱《だ》きしめられて、息が苦しい。

ぼたぼた、と。真っ赤な何かが頬《ほほ》に落ちた。

「王太子殿下《でんか》っ!!」

ライラのそんな声は聞いたことがない。

「くっそ、ふざけやがって！」

ゲイルが真面目《まじめ》な顔で悪態をつくところなんて初めて見る。

「おい、しっかりしろ。聞こえてるのか、おい、シャンゼルの王太子！」

「フェリシアちゃんっ、そいつ連れてここから逃《に》げて！」

テオドールも、ダレンも。皆が皆、本気で焦《あせ》りを滲《にじ》ませている。

今まではまだ、どこかに余裕《よゆう》のあった彼らが。

魔物が暴れている。皆が応戦している。でもそこに、ウィリアムがいない。

慣れ親しんだ、彼の匂《にお》いがする。すぐ近くから。

（いや……違《ちが》う……違うっ）

違う。そう思いたいのに、この温《ぬく》もりも、匂いも、力強さも。

全てが彼のものだと、フェリシアは嫌《いや》でも覚えさせられていた。

「ウィ、ル？」

そっと、腕《うで》の拘束《こうそく》を解く。いつもなら絶対に解けないそれが、いとも簡単に解けてしまった。

「ウィル、やだ、しっかりして、ウィルっ！」

彼の背中から多量の血が流れている。彼の爽《さわ》やかな香《かお》りが、鉄の臭《にお》いに変わっている。

「やだ、やだっ。どこにも行かないって、言ったのに——！」

ざざ、と記憶《きおく》が揺《ゆ》れた。

血を流して倒《たお》れるウィリアム。魔物によって殺されたウィリアム。前世の妹が泣き叫《さけ》ぶ。

ゲームの中のウィリアムは、前世の妹のせいで死んだ。じゃあ、目の前のウィリアムは？

フェリシアを選び、愛してくれたウィリアムは？

「——だ、ぁれの、せい？」

びくりと肩《かた》が跳《は》ねた。顔を上げれば、目の前でブリジットが嗤《わら》っている。距離《きょり》が近づいた分、今まで聞こえなかった呟《つぶや》きが耳によく響《ひび》いてくる。

誰のせい。あなたのせい。あなたが全部いけないの。あなたが私より美しくて、あなたが私より愛らしくて、あなたが私より愛されたから、だから、あなたが悪いの。あなたが死ねばよかったのに。あなたのせいで王太子も死んだ。あなたのせいでみんなが不幸になった。あなたのせい。あなたのせい。あなたのせいで、私は幸せになれない。

全部、全部、あなたのせいで——

「うるさい!!」

フェリシアは、腹の底から怒鳴《どな》った。自分でも初めて聞くような声量で。

「うるさい、うるさい……っ。お姉様は、私が憎《にく》いんじゃなかったの？　だから私を殺したかったんじゃないの!?　私は、それだけなら、まだ憎まずにいられたのにっ」

キッ、とフェリシアがブリジットを睨《にら》む。それは、初めてフェリシアが見せる、ブリジットを心の底から憎む眼差《まなざ》しだった。炎《ほのお》よりも苛烈《かれつ》で、闇《やみ》よりも底の知れない憎悪《ぞうお》。

自分が殺されそうになったときよりも、ずっとずっと、心が激しく燃えている。

「絶対許さない。私の大切な人を傷つけたこと、絶対許さない！　お姉様なんか……！」

拳《こぶし》を振《ふ》り上げる。そのまま下ろすつもりだった。ウィリアムが受けた苦しみを、姉にも味わわせてやりたくて。

でも、どうしてか手が震《ふる》えた。ひと思いに下ろせない。

だって、愛を渇望《かつぼう》するその姿は、フェリシアにも覚えがあるからだ。子どもの頃《ころ》、父に見向きもされなかったのはフェリシアだって同じである。姉と自分は同じなのだと、勝手に仲間意識を持っていた。全部が全部、姉だけが悪いわけではないことを知っている。

(でも、それでも……っ)

それでも、ウィリアムへの仕打ちだけは我慢できない。拳に力を入れ直したとき。

「――そういうのは、私の役目なんだけどなぁ。ねぇ、フェリシア?」

ウィリアムの、声が。ぐったりと倒れていたはずの、彼の声が。耳元に聞こえて。

振り上げた右手ごと、背後から優《やさ》しく抱《だ》きとめられる。

「ウィ、ル? 本当に、ウィルっ? 本物の?」

「そうだね、夢でも幻《まぼろし》でも、もちろん偽者《にせもの》でもないよ。それより私はびっくりしているんだけどね? フェリシア、君、いつからそんなに怒《おこ》れたの?」

「こ、んなときに、からかわ、ないで……っ」

「こんなときだからこそだと思うけど。自分のことにもそれだけ怒ってくれるといいのにね?」

「そんなことより! 怪我《けが》、怪我は大丈夫《だいじょうぶ》なんですの? 今すぐ止血をっ」

「その前に」

ぽいっと。ウィリアムが、ブリジットの口の中に――いつのまに奪《うば》われていたのだろう――嘔吐剤《げどくざい》を放り込んだ。

反射的に飲み下《くだ》したブリジットが、引きつった声を上げながら苦しみ出す。その尋常《じんじょう》でないもがき様に、フェリシアは固唾《かたず》を呑《の》んだ。

誰《だれ》もが息を殺して見守る中、やがて、ブリジットに憑《つ》いていた瘴気が綺麗《きれい》に浄化《じょうか》された。

「うん、さすがフェリシア。やっぱり君はすごいね」

涙《なみだ》に濡《ぬ》れた頬を、親指で拭《ぬぐ》われる。

フェリシアは首を横に振った。全然すごくなんてない。すごいのは、ウィリアムのほうだと思いながら。

「ライラ、ゲイル。終わりにしよう。残りの魔物《まもの》をさっさと片付けろ」

「御意《ぎょい》」

「はは……もちろんっすよ殿下！」

「あたしも最後に暴れるわよぉ」

「僕だって！」

やはり魔物はブリジットの瘴気を糧《かて》にしていたようで、それが無くなればあっという間に片がついた。

警備隊が到着《とうちゃく》したのは、それから少し後のことである。テオドールが事の次第《しだい》を説明してくれている中、フェリシアはブリジットと対面していた。

瘴気が浄化され、正気に戻《もど》ったとはいえ、今のブリジットは晩年を迎《むか》える老女のようにやつれていた。変わり果てた姉に、しかしフェリシアは同情も哀《あわ》れみも見せなかった。

「そんなにぼろぼろで……ざまあないですわね、お姉様」

ブリジットはただフェリシアを睨みつけている。いつもの怒声《どせい》は襲《おそ》ってこない。張り合いがない、とフェリシアはそれを少しだけ残念に思った。

「私、お姉様のこと、嫌《きら》いだけど憎んではいなかったんですよ？」

「っそれが、一番ムカつくのよっ。私はあんたが憎くて憎くて仕方ないのに、あんたはいっつも涼《すず》しい顔して、全然、へこたれなくて……っ」

「だってそれが、お姉様の喜ぶことだと知っていました。だから落ち込んでなんてやらなかったんです。どうでした？　私は、うまく装《よそお》えていましたか？　でもね、お姉様。今回のはよろしくないわ。私以外の周りを巻き込んだこと、後悔《こうかい》してもらわないと気が済まないの」

「……あはっ。何よあんた、あんたもそういう顔、できるんじゃない」

「ええ。だってお会いできるのは、これが最後になりそうですもの。出血大サービスというものよ、お姉様。ついでにこちらもお安くしておきますわ。おいしく召《め》し上がってね？」

「は……しゅっけつ？　ってちょっとあんたそれ、まさか……！」

「お姉様は性根《しょうね》から浄化されるべきだと思いますの」

フェリシアは、先ほどブリジットに飲ませた嘔吐剤――いや、浄化薬と言ったほうがしっくりくるか――に似た薬を、何も知らない姉の口に突《つ》っ込もうとする。

ブリジットはそのときの苦痛を思い出してか、かわいそうなくらい泣き叫んで拒絶《きょぜつ》していた。

「はいはい、フェリシア。君が相当怒っていることは理解したから、そろそろやめてあげようか？　バトンタッチといこう」

すると、ダレンの手当てを受けていたはずのウィリアムが、いつもよりキンキンに冷えた微《び》笑《しょう》を浮《う》かべながら背後に現れる。

振り返ってその顔を見たフェリシアは、思う。――あ、これ私より怒ってるわ、絶対。

それくらい、ドス黒いオーラが背後で揺れていた。

「式典の舞踏《ぶとう》会ぶりですね、オルデノワ第一王妃《おうひ》。ここからは私と一緒《いっしょ》に遊びましょうか」

フェリシアはささっと横にずれると、大人しく彼に任せることにした。

「では何からお話ししましょうか？　私のかわいいフェリシアと違って、あなたはとても性格が悪いようですから、話したいことが山とあるんですよ。頭もあまりよろしくないようで。自分以外の妃《きさき》ばかりが体調を崩《くず》していれば、いずれ疑いの目が自分に向くとわからなかったのでしょうか？　不思議で仕方ありませんね」

その瞬間《しゅんかん》、面白《おもしろ》いくらいブリジットの顔から色が抜《ぬ》けた。

「な、にを、言って……」

「手始めは当時の第三王妃です。可哀想《かわいそう》に。彼女はあなたの毒のせいで死にかけ、恐怖《きょうふ》のあまり実家へ下がっていますね」

「やめて。いい加減なこと言わないで。違うわ。私じゃない。私じゃないわっ。変な言いがかりをつけないで！　だいたいオルデノワの問題に首を突っこむ権利が、あなたにあって!?」

「これをどうぞ」

　ウィリアムはブリジットの目の前に、明らかに高価とわかるサファイアの指輪を置いた。

　それを見たブリジットの様子を窺《うかが》えば、どんなに鈍感《どんかん》な者でも理解しただろう。その指輪が、彼女のものであると。

「血眼《ちまなこ》になって探していたでしょう？　ですから手伝って差し上げたんです。これは、第三王妃が毒に倒《たお》れる直前まで共に談笑《だんしょう》していた、あなたの物ですね。秘密の話があるからと呼び出された第三王妃は、本当に誰にも相手を告げずにあなたと会った。それもそうでしょう。彼女は不倫《ふりん》していたのですから。あなたはそれをネタに呼び出した。だから第三王妃は、決定的な証拠《しょうこ》をあなたから奪っていたにもかかわらず、口を閉《と》ざした。オルデノワ王は裏切り者に容赦《ようしゃ》がないと有名ですから」

　他《ほか》にも、とウィリアムが話を続けるのに比例して、ブリジットから生気が失《な》くなっていく。

　なぜ彼がそんなことを知っているのかと、フェリシアは間抜《まぬ》けな傍観《ぼうかん》者となる他なかった。

「さて、色々とお話しさせていただきましたが、最後に一つ、どうしても伝えたいことがありましてね」

ウィリアムは、死者に追い打ちをかける冥界《めいかい》の王のように、残酷《ざんこく》に微笑むと。

「フェリシアという捌《は》け口をなくした感想は、いかがでしたか？　自分のストレスを全《すべ》て彼女に押しつけていたツケが、ようやく巡《めぐ》って来ましたね。あなたがこれまで生きてこられたのは、全てフェリシアのおかげなんですよ。彼女が生き続けたから、あなたは今日まで生き存《なが》えていられたのです。でなければ、彼女が死んだ時点で私があなたを殺していた。解《わか》りますか？　つまりあなたは、フェリシアに生かされていただけの存在だったというわけです」

じわりと、ブリジットの瞳《ひとみ》に涙が溜《た》まる。そこに映っているのは正しく恐怖だ。たとえ相手が誰であろうと、ウィリアムは容赦しなかった。

その姿を、フェリシアも恐《おそ》れていいはずなのに。

お姉様にも理由があったのだと、彼を止めてもいいはずなのに。

物語のヒロインのようには、庇《かば》えない自分がいる。

だってフェリシアは、自分のためにここまで怒ってくれる彼に、どうしようもないむずがゆさを感じてしまったから。

「ふざけたこと言わないでよっ。そんなわけないじゃない。なんで私が、フェリシアに生かされてることになってるの？　悪いのは全部フェリシアなのに！　第三王妃だってね、フェリシアのときと同じ毒《もの》にしたのよ。フェリシアがちょっと体調を崩しただけだったから、ちょうどいいと思ってやったのにっ……。あんたが平気そうにしていたのがいけないのよ！」

「それこそ完全な八つ当たりですね。そこでやめればよかったものを、続けたのはあなたです。これらを王に提出すれば、王はあなたを生涯牢《しょうがいろう》の中に閉じ込めてしまうでしょう」

「なっ。私は王妃よ!?　グランカルストにいたときだって、みんな見て見ぬふりをしたわ！　あなただって、そんなことをしたらお兄様に言いつけてやるわよ。グランカルスト王の怒《いか》りを買えば、シャンゼルなんて一瞬で消えるんだから！」

その脅《おど》し文句にはフェリシアの背筋が震《ふる》えた。

大丈夫なのかと見上げたウィリアムの様子は、しかし変わらず余裕《よゆう》を保っている。

「残念ながら、それは二つの意味でありえません。一つ、あなたはもうグランカルストの王女ではない。オルデノワに嫁《とつ》いだ身である今、義兄上《あにうえ》はあなたを助けない。二つ、大陸のどの国を相手にしても勝てる力があるからこそ、私はフェリシアを望めたのです。つまり、潰《つぶ》されるのはグランカルストのほうですよ」

フェリシアは目を疑った。夜である今、辺りに目を細めるほどの光源などない。

なのに、そう言ったウィリアムが、フェリシアの目には星よりも輝《かがや》いて見えて。

「なんなの……なんなのよあなた……なんで私の思いどおりにならないのよ!?　フェリシアと一緒！　嫌《いや》よ、絶対嫌。牢になんか、絶対入ってやるもんですか！」

「ええ。私も、あなたを牢になど入れたくありません」

「「……え？」」

予想外の言葉に、姉妹《しまい》が初めて声を揃《そろ》える。

だんだんとその意味を理解し始めたブリジットが、赦《ゆる》される期待から瞳を輝かせた。なんだ、やっぱりこの男もお兄様《グランカルスト》が怖《こわ》いのねと。私が捕《つか》まるはずないのよと。

それが、ウィリアムの思うつぼだとも知らずに。

「あなたを幽閉《ゆうへい》になんてさせません。王族用の牢など、平民の一般《いっぱん》的な住居より快適ですからね。そんな生温《なまぬる》いところに入れるはずがないでしょう？　あなたにはもっと劣悪《れつあく》で、醜悪《しゅうあく》で、苦痛を伴《ともな》う場所に行っていただかなければ、釣《つ》り合いが取れないと思いませんか？」

ウィリアムが酷薄《こくはく》に笑う。期待から一転、ブリジットは奈落《ならく》の底に突き落とされた。

ここでようやく、ブリジットは己《おのれ》の過《あやま》ちに気がついた。もしかすると自分は、とっくにこの男の逆鱗《げきりん》に触《ふ》れていて、赦される余地など微塵《みじん》もなかったのではと。

「さあ、これが、王に提出する最後の証拠品です」

ブリジットの眼前で小瓶《こびん》の中の液体が揺《ゆ》れる。

本当の絶望とはこういうことを言うのだろうと、今の姉の顔を見てフェリシアは思う。

流れる血まで青くなったのではと勘違《かんちが》いするほど、その顔色は真っ青だ。

「なん、で、それを、あなたが。ありえない。だってそれは……っ」

「それは、別の王妃の部屋に置いたはずなのに？」

　このとき、フェリシアはウィリアムの完全勝利を確信した。

　おそらくあの小瓶の中身は、式典の舞踏会でフェリシアに飲ませた毒だろう。そうとわかるのは、これまで何度もブリジットに毒を盛られたフェリシアだからである。

　話の流れから察するに、姉はその罪を他の妃に被《かぶ》せる算段だったに違いない。それをウィリアムが阻止《そし》した。

「さて、ここまで状況《じょうきょう》が整えば、頭の弱いあなたでも想像できますね？　これが王の手元に渡《わた》れば、どうなるか」

　簡単だ。まだグランカルストの王女であるフェリシアの後ろには、グランカルストがついている。そしてシャンゼルの王太子の婚約者《こんやく》でもあるので、シャンゼルも味方につけられる。

　となれば、より敵に回したくないのは。オルデノワ国王が選ぶのは。

「王への報告が楽しみですね。私も、念願のお礼が叶《かな》いそうで、とても嬉《うれ》しいですよ」

　これが、シャンゼルで人々の期待を一身に背負う男。人々の頂点に立つ男。

　フェリシアは、このときばかりは姉に同情した。彼に目をつけられたなら、もうその時点で敗北など決まっているようなものなのだ。

　抜け殻《がら》になった姉を警備隊が引き取っていくと、ウィリアムはふうと息を吐《は》き、フェリシアの肩《かた》に額を預けてきた。

「長かった。これでやっと、君も解放されるかな」

解放？　とその言葉に疑問を持ちながら、フェリシアは彼の柔《やわ》らかそうな黒髪《くろかみ》にそっと手を伸《の》ばしていく。

「だって、約束したからね。連れ出してあげる、って」

伸ばしていたフェリシアの手が、ぴくりと止まる。

「ちゃんと、心も、あそこから連れ出してあげられていたらいいんだけど。あとは、あちらか」

手が震え出す。バチッと弾《はじ》けた、あるいは噛《か》み合った光景が、フェリシアの心を揺さぶる。

恐る恐るといった体《てい》で、フェリシアはウィリアムの頭を抱《だ》き込んだ。

「でもまあ、心配はしていないんだ。帰国した時には、きっと全てが終わっている。だから少し、気を抜《ぬ》いてもいいかな。今回はさすがに、疲《つか》れた」

「……ええ、もちろん。もちろんよ。だからもう、ゆっくり休んで」

もう、頑張《がんば》らなくていいから。そう願うように、フェリシアは震えるまぶたを閉じた。

同日、夜。シャンゼルの王都にて。

月明かりの下《もと》、蠢《うごめ》くいくつもの影《かげ》がある。

そこは最近魔物《まもの》の出現が多発する地区の小教会で、いつもなら見回りの騎士《きし》が見受けられた。

しかし、今夜はそれもない。

今宵《こよい》は祭りの夜。魔物の出現の多発を受けて、心を痛めた聖女が民《たみ》を安心させるため、わざわざ祈《いの》りを捧《ささ》げに来る聖夜なのだ。

聖女をひと目見たいと民は集まり、人の集まるところに商売人は目をつける。そうして小さな祭りが出来上がった今夜、警備兵はそちらに駆《か》り出され、会場から離《はな》れたここは閑散《かんさん》としていた。

「魔物の準備、完了《かんりょう》しました」

「ご苦労」

今夜ほど、男に都合の良《い》い日はなかった。聖女が王宮から出てきて、人が集まり、かつ面倒《めんどう》な王太子が国にいない。こんな日をどれほど待ち侘《わ》びたことだろう。いや、こんな日になるよう、男が自ら策動したのだ。

隣国《りんごく》であるオルデノワに協力者を作り、本来なら招待されるはずのなかった式典にシャンゼル王家も招待してもらう。王太子本人でなくてもいい。どうせ国王は長旅もできぬ身体《からだ》だと知っていた。

それでも、オルデノワと婚姻《こんいん》等による縁《えん》がないシャンゼルだから、これにはとても苦労した。

協力者にも無理を言った。せめて協力者の血縁《けつえん》者があの王太子と結婚していれば事はもう少し簡単だったのに、二人はまだ婚約関係でしかない。その無理のせいで、代わりに協力者の無茶も聞く羽目になったのだが。

（まあ、王太子さえ国から追い出せれば、私としては構わない）

あの王太子は危険だ。綺麗《きれい》な仮面の下にある冷酷《れいこく》な本性《ほんしょう》は、男にも恐れるものがある。今や彼一人で国を動かしていると言っても過言ではない。

逆に言えば、あの王太子さえいなければ、簡単に国を奪《うば》えるだろう。

「聖女様の姿を確認《かくにん》しました。今は広場で演説を行っています」

「よし。聖女が祈りを捧げ始めたら、魔物を檻《おり》から出せ」

しかし命令したのに動こうとしない部下に、男は片眉《かたまゆ》をつり上げた。

「どうした？」

「いえ……。ですがあの、本当に聖女様は殺さないのですよね？　教会の威信《いしん》を保つために、ただ街を混乱させるだけですよね？」

「何度もそう言っている」

「本当に教皇様のご命令なんですよね？」

男はあえてそれには答えず、不愉快《ふゆかい》そうに舌打ちした。

「下賤《げせん》な者に高貴な者の考えなど理解できるはずがない。おまえは教会から魔物の管理を任されている私を信じられないのか？」

「失礼いたしました！　では、ご命令どおりに」

ようやく準備に向かう部下の背中を、男は鼻を鳴らして見送った。

馬鹿《ばか》な奴《やつ》らだ、と思う。男が言うのもなんだが、これほどあっさり他人を信じるとは。

男は野心の強い人間だった。いや、男の一族は皆《みな》そうだ。でなければ、家を潰され、それでも見捨てなかった恩ある教会さえも利用しようとはしない。

檻に閉じ込めている魔物は、もともと教会のものである。教会にも腐《くさ》った奴らはいて、教会の権威を強めるためとして、捕《と》らえた魔物を管理し、適度に魔物を放ってきた。そうすれば、人々は皆聖女を頼《たよ》る。聖女を選ぶ教会を崇《あが》め奉《たてまつ》る。

そして男はその魔物の管理を任されていたのだが、今回はその立場を利用したに過ぎない。

予期せぬ大量の魔物の出現。混乱を極《きわ》める王都。

最中《さなか》で聖女は負傷し、民と聖女を守れなかった王家に非難は必至。

これなら、自分に惨《みじ》めな思いを味わわせてくれたあの王太子に、かなりの屈辱《くつじょく》を与《あた》えられる。

逸《はや》る期待が口端《こうたん》から漏《も》れ、ゆらりと闇《やみ》色のモヤを吐き出した。

「くくっ、あと少しだ。帰国したとき、変わり果てた自分の国を見てどんな顔をするのだろうな、あの男は。くく、ははっ、あははは！」

静夜に哄笑《こうしょう》を響《ひび》かせたとき。

「あの〜、楽しそうなところ申し訳ないんですけど、そろそろ準備は終わった感じですか？」

この場に相応《ふさわ》しくない、若い女の声がした。いや、この声を男は知っている。

異世界から来たという稀有《けう》な存在であり、今頃《いまごろ》広場で演説を行っているはずの——。

「こんばんは。こうしてお話しするのは初めてでしょうか。聖女のサラと申します」

夜闇の中でも神々《こうごう》しい聖女の存在を認めて、男の思考が停止する。なぜ、と声にならない声で訊《たず》ねると、慈悲《じひ》深い聖女はその意を汲《く》み取ってくれたようだ。

「もしかして、広場の聖女のことを気になさってます？　あれは代役の方です。ほら、ヴェールを被《かぶ》れば誰《だれ》かわからないでしょう？　以前のフェリシアさんを参考にしてみたんですよ」

それより、と彼女は続けて。

「ウィリアム殿下《でんか》の教えどおり、あなたの希望が一番高まったときを狙《ねら》って来てみたんですが、私、ちゃんと間に合いましたか？　ちゃんとあなたの野望を折れたでしょうか——宰相補佐《さいしょうほさ》官の、ガエル・アルファードさん」

男は——ガエルは、背筋をぶるりと震《ふる》わせた。

聖女は慈悲深いと誰が言ったのだろう。少なくとも今、ガエルの目の前にいる聖女は、その優《やさ》しさをガエルに与える気は全くないようだ。

次に放たれた言葉は、ガエルの呼吸を奪うには十分だった。

「それとも、前財務大臣の御《ご》子息の、ガエル・アンヴィルさんとお呼びしたほうがいいですか？　どっちにしても、あなたの悪巧《わるだく》みはここまでですよ」

空に浮《う》かぶ満月が、ガエルの苦々しい顔を照らす。

「全部ウィリアム殿下の言ったとおりでしたね。やっぱりあなたが魔物を街に放っていた犯人だったんですね、ガエルさん」

宰相補佐官であり、一部の地区で魔物の出現が多発していた元凶《げんきょう》。それがガエル・アンヴィルだと、サラはウィリアムから聞いていた。

「聖女様、申し訳ありませんが、私にはあなたが何を仰《おっしゃ》っているのかわかりません。魔物を街に放っていた？　そんな恐《おそ》ろしいこと、するはずがありません」

「それなら、後ろにいる檻の中の魔物はなんですか？」

「私が捕《つか》まえた魔物です。それ以外に何があるというのです？」

ガエルの反応に、サラはうーんと唸《うな》りながら腕《うで》を組んだ。現行犯なのだから苦しい言い訳ではあるものの、なら、とサラは別の罪について問うことにした。

「ブリジットという名前に聞き覚えは？」

ぴくりと、太い眉が動いたのを見逃《みのが》さなかったのは、サラではなく、彼女の後ろで黙《もく》したまま成り行きを見守っていたゴードンだ。

闇に隠《かく》されていた上司の姿を認め、ガエルは無意識に半歩下がっていた。

「し、知らないです。誰ですか、それは」

ゴードンがサラの隣《となり》に並ぶ。ガエルがもう半歩後ずさる。

「本当に知らないのか、ガエル」

ガエルは、なぜ、と怨嗟《えんさ》にも似た思いで目の前の上司を見返す。なぜ、ここにいるのかと。

「あなたまでなんですか、ゴードン様。私はあなたの補佐官ですよ？　嘘《うそ》なんてつきません」

ゴードンは肩《かた》を竦《すく》めると、首を横に振《ふ》った。

「愚《おろ》か者め。私の補佐官だからこそ、オルデノワの第一王妃《おうひ》の名を知らぬはずがないのだ」

「！」

「だが無関係を装《よそお》うことに苦心したおまえなら、そう言うと思っていた。おまえは詰《つ》めが甘いのだ。いつも言っていただろう。視座を高め、全体を把握《はあく》しろと。だからこうやって仕事も悪巧みも失敗する」

おまえは、とゴードンは続けて。

「オルデノワで教会の仕事があるからと、私に何度か休暇《きゅうか》の許可を取りにきたな。そこでブリジット王妃と密会していたことは知っている。おまえから話を持ちかけたそうじゃないか。大《だい》胆《たん》なことをしたものだ。ウィリアム殿下が優秀《ゆうしゅう》な情報網《じょうほうもう》を手に入れたおかげで、おまえの行動は筒抜《つつぬ》けだったぞ。気づいていたか？　おまえは王妃と不倫《ふりん》関係にあるそうだ。貴婦人の噂《うわさ》というのは怖《こわ》いものだな。そんな下世話な噂で密会がバレるとは思わなかっただろう？　綻《ほころ》びとは、そういった取るに足らないようなものから生じる。ゆえに、おまえが殿下を国から出そうと躍起《やっき》になっていたことも、教会の一部と繋《つな》がって良からぬことを企《くわだ》てていたことも知っている。さらにおまえが――前財務大臣の庶子《しょし》であることも」

　ひゅ、とガエルが喉《のど》を鳴らした。

　ガエルにとって唯一《ゆいいつ》の汚点《おてん》であり、元凶であり、憎《にく》い相手の存在を、まさかこんなところで二度も聞くことになるとは思ってもいなかったからだ。

　前という言葉がついたように、ここで指す財務大臣とは、以前王太子の婚約《こんやく》者を毒殺しようとした、馬鹿な男のことで間違《まちが》いない。自分の娘《むすめ》を未来の王妃にしたかったあの男は、邪魔《じゃま》な王女に暗殺者を差し向けたのだ。

　もちろん失敗し、表向きは貴族用の牢獄《ろうごく》に入っているが、ガエルは知っている。あの男が王太子によって、シャンゼルよりも東にある小さな島に流されたことを。そこに送られて帰ってきた者は一人もいない。

　そしてその男は、アンヴィル伯爵《はくしやく》家の当主でもあった。つまりガエルは、前財務大臣の息子《むすこ》であり、伯爵の庶子であり、あの男がメイドに孕《はら》ませた子どもである。

　父は後継《こうけい》が他《ほか》にいないという理由から、庶子であることを隠し、普段《ふだん》は見下していたガエルを仕方なく伯爵家の後継にする他なかったのだ。

　そうして想像よりも早く訪《おとず》れた代替《だいが》わりだったが、継《つ》いだ伯爵家は、父と王太子のせいで酷《ひど》い有様だった。

やっと手に入れた権力は砂よりも価値がなく、周囲の貴族からは白い目で見られ、何度惨めな思いをしたことか。

だから復讐《ふくしゅう》を誓《ちか》った。父を見返すため、王太子をその座から引きずり下ろすために。なのに。

「っなぜだ。なぜ、いつから私の正体を知っていた⁉　そもそもあなたはこちら側の人間だろう？　王太子と敵対しているんじゃなかったのか！」

「おまえがいる手前、敵対しているように見せていただけだ。おまえの正体については、最初から知っていた。私ではなくウィリアム殿下がな。知った上で、あの方はおまえを見張るために私の補佐官にしたのだ。おかしいと思わなかったのか？　何の取り柄《え》もなく、ただの文官だった自分がいきなり宰相補佐官になったことを、少しも訝《いぶか》しまなかったのか？　そうであるなら、それがおまえの敗因だ。後継なのに自分を見下すアンヴィル伯爵を見返したかったんだろうが、あの方の逆鱗《げきりん》に触《ふ》れたアンヴィル家に、元より未来などない。おまえはむしろ、どうやってアンヴィル家を根絶やしにするか思案していたあの方に、その餌《えさ》を与えたにすぎぬのだ」

「何が餌だ。違う。私は――俺は優秀な人間だ。だから若くして補佐官の座にまで昇《のぼ》りつめた！　これは俺の実力だ！　俺はあんな、惨めに島に流されたあの男とは違う！　あいつができなかったことも俺にならできる！　その証拠《しょうこ》にまずはあんたたちから始末してやる！　おい、檻《おり》を開けろ！」

ガエルは部下に向かって叫《さけ》んだ。これで閉じ込めていた魔物が解放されるはずだった。

だというのに、一向にその気配がない。確かめるために振り返ると、そこにはすでに倒《たお》された魔物の残骸《ざんがい》と、大勢の騎士《きし》によって取り押さえられている部下たちがいて。

「なんだ、これは……いつのまに!?」

「あ、魔物でしたら、ゴードンさんが時間稼《かせ》ぎをしてくれていた間に。檻の中に入れてくれていた分、楽に対応できました。あと、周囲に漂《ただよ》っていた瘴気《しょうき》もばっちり浄化《じょうか》済みです」

そしてサラに続き、新たに闇の中から姿を現したフレデリクが、容赦《ようしゃ》なく告げた。

「ちなみに騎士《われわれ》は、最初からあなたの背後で待機していました。あなたもご存じの腹黒い高貴なお方が、どうしてもあなたの心を徹底《てってい》的に折りたかったようでして。あなたが計画を実行に移す直前まで息を潜《ひそ》めていたのです。ここでタイミングを間違えると、我々《われわれ》があの方の鉄槌《てっつい》を食《く》らうことになりますから。正直荷が重かったですよ」

フレデリクが手を一振《ひとふ》りする。指示を受けた近衛《このえ》騎士団第一部隊の騎士たちが、ガエルを取り囲むように武器を構えた。

「そんな馬鹿《ばか》な。殿下《でんか》は今、オルデノワに……。指示など出せるはずがっ——」

「確かに、殿下はオルデノワにいらっしゃいます。あなたを油断させて、動いてもらうため、あえて国を空けました。最初は国を空けることを嫌《いや》がって見せれば、あなたは余計に自分の企《たくら》みが気づかれていないと図に乗り、必ず動くだろうと見越《みこ》して。そのためにあの方は準備をした。今夜の祭りの件だって、あなたが提案したそうですね？　殿下は嬉々《きき》として乗っていましたよ。知り合いの商人に声をかけるほど。他にもあなたに気づかれないよう、王立騎士ではなく近衛騎士を鍛《きた》え、証拠を探《さぐ》り、自分がいなくともある程度の指示を出せる指揮官が必要だと言って、扱《しご》いた。まったく、こちらとしてはいい迷惑《めいわく》でしたが」

フレデリクの脳裏《のうり》に、サラを人質《ひとじち》に取られたも同然の、あの憎たらしい鬼《おに》ごっこが蘇《よみがえ》る。また突拍子《とっぴょうし》もないことを始めたと思っていたが、蓋《ふた》を開ければこれだ。

騎士を使った鬼ごっこのことも、その罰《ばつ》ゲームとして近衛騎士たちがしばらく王立騎士団と共に訓練していたことも、もちろんガエルは知っていたはずなのだ。

しかし、気にも留めていなかったのだろう。ウィリアムが突拍子もないことをするのは、これが初めてではないから。また変なことを始めたと、小馬鹿《こばか》にさえしていたかもしれない。

それが、ウィリアムの思惑《おもわく》どおりだとも知らずに。

「さて。そういうことですので、王家に対する反逆罪であなたを拘束《こうそく》させていただきます。ちなみに、恨《うら》み言は帰国した殿下にどうぞ」

自分を囲む剣《けん》に観念したガエルは、魂《たましい》が抜《ぬ》けたように膝《ひざ》から頽《くずお》れたのだった。

エピローグ

さああ、と風が回廊《かいろう》を抜けていく。薄衣《うすごろも》を纏《まと》ったような空が、見上げた視界に広がっていた。

「フェリシア様、やはりもう一枚羽織られたほうが……」

ジェシカが心配そうに気遣《きづか》ってくれるが、フェリシアは「大丈夫《だいじょうぶ》よ」と遠慮《えんりょ》した。

「ちょうどいい気温だわ」

今日は、久しぶりに落ち着ける休息の日である。

実はオルデノワ王国での一件以降、フェリシアの周りはちょっとばかり騒《さわ》がしかったのだ。

まず、腐《くさ》ってもオルデノワ王国第一王妃であった姉が起こした事件だったため、事情聴取《ちょうしゅ》とばかりに足止めをくらった。

それはまだいい。フェリシアはありのままを話すだけだからだ。

問題は、ウィリアムだった。

オルデノワ国王と今後のことも含《ふく》めて密談していたが、それが整った途端《とたん》、倒れたのだ。もともとダレンに絶対安静と言われていたにもかかわらず、無理を通して密談を行ったのだから当然と言えば当然である。

『ウィル……！』

『やあ、フェリシア。オルデノワに来て、ちょっと涙《なみだ》もろくなった？』

『誰《だれ》のせいだと思ってますの！』

慌《あわ》てて見舞《みま》いに行ったフェリシアを出迎《でむか》えたのは、彼のそんなふざけた言葉で。

何かが吹《ふ》っ切れたフェリシアは、そこが他国《オルデノワ》の宮殿《きゅうでん》内であることも忘れて、遠慮なく言いたいことを吐《は》き出した。

無茶しないでって言いましたわよね。なんでまた倒れてますの。倒れるならせめて一回だけにして。そもそもあのときどうして庇《かば》ったの。ウィルがそんなことになるなら、庇ってもらっても嬉《うれ》しくない。二度と勝手なことをしないで。二度と勝手に怪我《けが》をしないで。お願いだから、二度と、一瞬《いっしゅん》でも、私を独りにしないで――。

『ごめん、フェリシア。まさかそんなに泣かれるとは思わなかったんだよ。だめだね、君のこういう涙は、私も心が痛む』

『……これ以外の涙は痛まないんですの？』

『君が恥《は》ずかしがって涙目になるのは、むしろかわいいと思ってるよ？』

『ええ知ってました。鬼畜《きちく》ですものね、殿下は』

『……でもこれじゃあ、約束は守れていないのかな』

ウィリアムが、申し訳なさそうに眉尻《まゆじり》を下げた。

『幸せにしてあげるって、言ったのにね』

(幸せにしてあげる、か)

そう言われたときのことを思い出しながら、フェリシアは中庭を横断し、続く回廊を抜けた。

結局、事件の結末はこうだ。

シャンゼルとしては今回の第一王妃《おうひ》の罪――他国の使節団を襲《おそ》った罪――を表沙汰《おもてざた》にしない代わりに、ルアルに関する覚書を結びたいと交渉《こうしょう》した。

実質、オルデノワに拒否《きょひ》権などない。

これでルアルについての半永続的な供給を取り付け、またルアル栽培《さいばい》の支援《しえん》も行うよう、その覚書の中で約束を取り交《か》わすことに成功した。

さらにウィリアムは、最終兵器とばかりにフェリシア毒殺未遂《みすい》の証拠を見せびらかして、関税の緩和《かんわ》も迫《せま》ったらしい。重商主義政策を取っているオルデノワとの貿易は、シャンゼルが抱《かか》える問題の一つだったようだ。恩着せがましく「これで他《ほか》の妃《きさき》にも平和が訪《おとず》れますね」と微笑《ほほえ》んだウィリアムに対して、オルデノワ王は怒《いか》りとも諦念《ていねん》とも取れる苦々しい表情で目元を押さえていたとか。

交渉は難航したらしいが、最終的にはウィリアムの勝利で終わっている。

そして、全《すべ》ての元凶《げんきょう》であるブリジットは、療養《りょうよう》という名の流刑《るけい》が決定した。

（リンデン卿《きょう》は大丈夫かしら）

フェリシアとしては、ウィリアムに大怪我を負わされたので、姉の処遇《しょぐう》は妥当《だとう》だと思っている。流す先についてはウィリアムが何か助言をしたと言っていたが、詳《くわ》しくは知らない。でもフェリシアは、そこでしばらく反省すればいいと思った。

ただ、基本的に誰とも分け隔《へだ》てなく接するテオドールは、姉のこともちょっと我儘《わがまま》な女性としか思っておらず、その行く末を案じていた。

『ところでリンデン卿、いつまでそこに立っているつもりだい？』

ウィリアムが倒れたと聞いて、動揺《どうよう》するフェリシアに付き添《そ》い、オルデノワで彼が療養している部屋まで連れて行ってくれたのは、テオドールだった。

『あなたが見舞ってくれるなんて意外だな。このまま私が死んだほうが、あなたにとっては都合がいいだろうに』

『ちょっと、ウィル!?』

なんてことを言うのかと思って咎《とが》めたら、テオドールは暗い顔――今思えば、悲しげな顔をして言った。

『馬鹿なことを言うな。そんな縁起《えんぎ》でもないこと、いくらなんでも思うはずないだろう？　僕だって心配するときはするんだ』

そんなテオドールに何を思ったのか、ウィリアムは、短く息を吐いてから。

『だからあなたは恐《おそ》ろしいんだよ。その潔白さに、心惹《こころひ》かれる者は多い』

フェリシアとテオドールは、揃《そろ》って頭上にはてなを浮《う》かべた。

ウィリアムがテオドールを〝恐ろしい〟と思っていたなんて初耳だし、ここで寂《さび》しそうに笑った理由にも、心当たりがなかったから。

『でもまあ、残念だけど、私はしぶとく生き残ったわけで、もちろんフェリシアとの婚約《こんやく》も破《は》棄《き》なんてしない。今度こそ心置きなく帰国するといいよ』

『ぐ……っ。本当にあなたは、いちいちムカつくな！　身を挺《てい》してフェリシアを助けたこと、ちょっとは感動してたのにっ。台無しだぞ！』

『それは失礼。感動ついでに諦《あきら》めてくれてもいいんだけどね』

『誰が簡単に諦めるか！　……まあでも、一時休戦くらいは、してやってもいい』

ウィリアムが、意外そうに目をぱちくりとした。

『いいか、といっても、休戦だ。降参じゃないからな！　あなたがフェリシアを泣かせたら、どこにいてもすっ飛んでくるからな！』

『涙の種類によると思うけど……。どちらにせよ、その際は君の入国を拒否すればいいわけだ』

『本当に最後までムカつく奴《やつ》だな!?　フェリシア、彼に愛想《あいそ》が尽《つ》きたら、いつでも手紙を送っていいからね。むしろ待ってるから。愛想が尽きなくても送ってくれていいからねー！』

そう言って、テオドールは先にシャンゼルへ戻《もど》ると、部下と共に帰国してしまった。嵐《あらし》のような去り際《ぎわ》だった。なんでも薬草探しに時間がかかったせいで、ただでさえ帰国予定日を過ぎていたらしい。ウィリアムの快復を待つには、次の予定が迫っていたとか。

（リンデン卿が帰っちゃったのは寂しいけど、でも、新しい侍女《じじょ》が来てくれたものね）

フェリシアは、一歩後ろからついて来るジェシカに視線を移した。この度《たび》正式に、彼女がフェリシアの侍女に任命されたのだ。

「ねぇ、ジェシカ。本当によかったの？　わたくしの侍女を引き受けて。今ならまだ断っても大丈夫《だいじょうぶ》よ？」

「えっ、こ、断りませんよ!?　それともその、私じゃ、ご迷惑《めいわく》でしたか？」

「そんなわけないじゃない。わたくしからお願いしたんだから。でも最初だけとはいえ、一人じゃ大変でしょう？」

そう、徐々《じょじょ》に侍女を増やしていくつもりだが、今はまだジェシカ一人だけだ。フェリシアがだいたいのことを一人でできてしまうとはいえ、それでも侍女一人というのは大変だろう。

「全然大変じゃないです！　むしろえっと、お礼を、言いたくて」

「お礼？」

それからジェシカは、たどたどしくこの数日間にあったことを話してくれた。

やはりフェリシアの睨《にら》んだとおり、ジェシカは同僚《どうりょう》から嫌《いや》がらせを受けていたらしい。面倒《めんどう》な仕事を押しつけられることがよくあったとか。気弱なジェシカは、もちろん断ることができない。なまじ仕事ができるものだから、ある意味それもよくなかった。

そして、帰国した彼女を待ち構えていたように、今度はいつもの倍の量を押しつけられた。

「でも私、フェリシア様の言葉を、思い出したんです」

――〝闘《たたか》うの、怖《こわ》くても〟

「私も、怖くても、闘わなきゃって。だってやっぱり、悔《くや》しいですもん。なんでこんな人たちの言うこと、聞かなきゃいけないんだろって。私は、悪いこと、何もしてないのに」

だから、とジェシカが続ける。

「言ったんです。無理です、って」

「ジェシカ……！」

えへへ、と彼女が照れくさそうに微笑む。それは、俯《うつむ》きがちな彼女の、初めて見る心からの笑《え》顔《がお》だった。

「私、頑張《がんば》ります。もっともっと。フェリシア様みたいに、強くなりたいから。それで私も、新しい自分の居場所を、見つけたいんです。だから、これからよろしくお願いします！」

「私のほうこそよろしくね、ジェシカ」

「はい！」

そうして待ち合わせの噴水《ふんすい》に辿《たど》り着くと、フェリシアはそこに見慣れた人影《ひとかげ》を見つけた。

「ウィル！」

久々に会えた彼は、相変わらず立ち姿からして惚《ほ》れ惚れするほど美しい。

柔《やわ》らかそうな黒髪《くろかみ》を風になびかせ、深く透《す》き通る紫《むらさき》の瞳《ひとみ》を水面《みなも》に落とし、何かを思案しているようだ。その憂《うれ》いに満ちた姿は、ドキリとするほど色っぽい。

フェリシアに気づいた彼が、それまでと変わって頬《ほほ》を緩《ゆる》めた。

「やあ、おはようフェリシア。といっても、もうすぐお昼だけど」

「ふふ、そうですね。そろそろ『こんにちは』かしら。ところで、もう大丈夫ですの？」

心配したのは、怪我《けが》のことではない。それについては自己申告《しんこく》してくれないウィリアムの代わりに、しつこいくらいダレンに確認《かくにん》している。だから嘘偽《うそいつわ》りなく快復していることはフェリシアも知っていた。

フェリシアがここで訊《たず》ねたのは、仕事のことだ。

「なんとかね。ガエルのおかげで教会に貸しも作れたし、これでしばらくは、うるさい連中も静かになるよ。まあ、教皇が黙《だんま》りなのは、逆に不気味で怖いけれど」

そう、帰国して早々フェリシアたちを待ち受けていたのは、前財務大臣の息子《むすこ》ガエルの王家に対する反逆だった。

といっても、サラとフレデリク、ゴードンを筆頭に、事件はすでに終わっていたが。

事の詳細《しょうさい》を聞いたフェリシアは、ウィリアムの用意周到《よういしゅうとう》さに慄《おのの》きつつ、一つ、まさかという思いが頭を掠《かす》めた。

——まさかそれ、乙女《おとめ》ゲームの黒幕事件……!?

いや、そんなまさか。だってウィリアムがいないのに。そんなわけが……。と何度も何度も繰《く》り返し自問自答して、確信した。乙女ゲームの黒幕事件だった。なぜなら、ガエルが魔物《まもの》を利用して王都を混乱させるつもりだったと聞いたからだ。

おかげで合点がいった。なるほど、だから黒幕が魔物と一緒《いっしょ》にいたのかと。

そしてウィリアムは、ここ数日、その後始末に奔走《ほんそう》していたのだ。

庶子《しょし》とはいえ、他《ほか》に息子のいない伯爵《はくしゃく》は、後継者《こうけいしゃ》不在による伯爵位返上を恐れてガエルにアンヴィルの名を与《あた》えていた。そのガエルも事件を起こしたことで、二代に渡《わた》るアンヴィル家の反逆罪が成立した。

おかげで伯爵位の返上はもちろん、領地の没収《ぼっしゅう》、実はまだ王太子妃《ひ》の座を狙《ねら》っていた娘《むすめ》と夫人も、芋《いも》づる式《しき》に捕《と》らえられた。むしろウィリアムはそれも狙っていたらしく、楽しそうに芋を掘《ほ》っていた。

さらには、連日に及《およ》ぶ教会との公会議。

今日だってようやく休みが取れたのかと思ったら、午後にはまた仕事に戻るらしい。

「本当はゆっくり休んでほしいのですけど」

散歩をするように、二人は歩き出す。ウィリアムの導く方に、フェリシアはついていった。

「休んでるよ、それなりにね。でも久々にフェリシアのハーブティーを飲みたいから、今夜にでも訪ねていいかい？」

「もちろんですわ！　とっておきのを用意して待ってますね」

嬉《うれ》しくなる。ウィリアムとゆっくり語り合える時間は、とても貴重だから。仕方ないとはいえ、彼は王太子――それも、今は療養《りょうよう》中の国王に代わって公務をこなしている身だ。

だからフェリシアは、その貴重なチャンスを逃《のが》すまいと、意を決して口を開いた。

「あの、ウィル？　そのときで構いませんので、少しお話ししたいことがありますの」

「話？　今じゃだめなのかい？」

「今はちょっと……」

だめではないけれど、せっかくなら、落ち着いたところで話がしたい。

「わかった。それはいいけれど、なんだろう、少し怖いね。以前はそれが婚約破棄だった」

ウィリアムが苦笑《くしょう》する。いや、〝笑〟よりも、多分に〝苦〟が含《ふく》まれた笑みだった。

フェリシアは慌《あわ》てて否定する。

「違《ちが》いますわ。あのときは私も色々あって……。とにかく、絶対に違います。ただ、確認したいことが――」

と、フェリシアが言いかけたとき、ふと、ウィリアムが足を止める。

倣《なら》って足を止めたフェリシアの目の前に、信じられない光景が広がっていた。思わず、呼吸を忘れてしまうくらいの。

「ここ、周辺に木が生《お》い茂《しげ》っているだろう？　だから、咲《さ》かせるには最適な場所だったんだ」

リン、と。今にも鈴《すず》の音《ね》が聞こえてきそうだ。

視界を埋《う》め尽くす白と緑。ルアルよりも小さくて可憐《かれん》な花が、一面に咲き誇《ほこ》っている。

今は、開花時期じゃないはずなのに。

「すずらん畑……」

それは、祖国にある、おそらくフェリシアしか知らないだろう秘密の場所と、同じ――。

「……んなさい」

考えるより先に、フェリシアはそうこぼしていた。

「ごめんなさい。ごめんなさい、ウィル……っ」

まるで罪を突《つ》きつけられた罪人のように、身体《からだ》が勝手に痙攣《けいれん》する。

「フェリシア？　どうしたの、突然《とつぜん》。なぜ謝るんだい？　私が何かした？」

「違いますわっ。そうじゃ、なくて。――私、思い出したんです」

ぴく、とウィリアムが一瞬《いっしゅん》動きを止めた。

すずらんは涼《すず》しげに揺《ゆ》れている。

「私、ごめんなさい、ずっと忘れてて。でも本当は、全部忘れてたわけじゃっ……いえ、忘れてたんですけど、そういうことじゃなくって……っ」

頭が混乱する。自分が何を言っているのかさえ、よくわからなくなっている。

すると、フェリシアの震《ふる》える指先を、大きな温《ぬく》もりが包んでくれた。大丈夫だと、落ち着かせるように。ちゃんと聞いてるからと、安心させるように。

それに勇気をもらったフェリシアは、深く息を吸い込んでから、ようよう口を開く。

「本当は、今夜、その話をするつもりでした」

「……うん」

「あなただけでした。私を、幸せにしてくれるって言ってくれたのは。あなただけだったんです。私を、あそこから連れ出してくれるって、言ってくれたのはっ……」

――〝じゃあ、約束しよう〟

『約束？』

『ぼくが君をここから連れ出してあげる。連れ出して、幸せにしてあげる。約束だよ。だから君は、どうか、ぼくを忘れないで――』

そう、約束をしたはずだった。なのにどうして忘れられていたのだろう。

重なる面影《おもかげ》。ふいに過《よ》ぎる幼い記憶《きおく》。騎士《きし》たちの模擬《もぎ》訓練のとき、空耳だと思った叫《さけ》び声は、幼い頃《ころ》、一緒に遊んでいた彼を迎《むか》えに来た騎士たちから、二人で逃《に》げたときの声だった。

ずっと、何かを忘れているような気がしていた。

いや、おそらく自ら忘れようとした。淡《あわ》く儚《はかな》い思い出こそ、無駄《むだ》な期待を抱《いだ》いてしまいそうで。あの頃のフェリシアにとって、実のない優《やさ》しい思い出ほど残酷《ざんこく》なものはなかったから。

約束は、その場限りの、いずれ忘れ去られるものだろうと思っていたのだ。だから。

「約束、守れなくてごめんなさい」

本当に守ってくれた彼に、感謝と、罪悪感と、どうしようもない愛《いと》しさが込み上げる。

「いいよ。だって……」

「でも私、ずっとウィルにっ」

「だから、いいんだ。いいんだよ、もう。君が思い出してくれた。それだけで、本当に……」

彼の声が掠れている。何かに感謝を捧《ささ》げるように、あるいは懇願《こんがん》するように、彼はフェリシアの手を自分の額にあてる。

その肩《かた》が、小刻みに震えているような気がして。

「もしかしてウィル、泣いてますの？」

「泣いてるのはフェリシアだろう？」

「うっ。な、涙目《なみだめ》なのは認めますけど、でもウィルだって――」

しかし、続きは口にできなかった。だって顔を上げた彼が、本当に今にも泣きそうで。

なのに、幼い頃彼自身が言っていたように、微笑《ほほえ》みだけは崩《くず》さないよう気張ってもいて。

その、不器用さが。どうしようもなく、愛おしくて。

気づけばフェリシアは、自らウィリアムへと手を伸《の》ばしていた。

彼の頰《ほほ》にそっと触《ふ》れる。そのまま自分の許《もと》に引き寄せた。そして――。

「――!?」

二人の重なった唇《くちびる》が、淡い木漏《こも》れ日に照らされる。

フェリシアからする、初めてのキスだった。名残惜《なごりお》しさを伝えるように、ゆっくりと離《はな》す。

すると、こういうときいつも憎《にく》たらしいほど余裕《よゆう》たっぷりのウィリアムが、意外も意外なことに、彼岸花にも負けないほど頰を真っ赤に染めていて。

(こ、これは、まさか)

彼の顔を食い入るように見つめる。

「っフェリシア、ちょっと今は、そんなに見ないでくれるっ？」

その照れ顔は。美しさは。拝みたくなるほどの尊さは。まさに。

(前世の妹が悶《もだ》え死んだスチル！)

危《あや》うく前世の妹と同様、悲鳴を上げそうになったフェリシアである。

BEANS BUNKO

「異世界から聖女が来るようなので、邪魔者は消えようと思います2」の感想をお寄せください。
おたよりのあて先
〒102-8177　東京都千代田区富士見2-13-3
株式会社KADOKAWA　角川ビーンズ文庫編集部気付
「蓮水　涼」先生・「まち」先生
また、編集部へのご意見ご希望は、同じ住所で「ビーンズ文庫編集部」
までお寄せください。

異世界《いせかい》から聖女《せいじょ》が来《く》るようなので、邪魔者《じゃまもの》は消《き》えようと思《おも》います2

蓮水《はすみ》　涼《りょう》

角川ビーンズ文庫　22585

令和3年3月1日　初版発行
令和3年8月20日　再版発行

発行者———青柳昌行
発　行———株式会社KADOKAWA
〒102-8177　東京都千代田区富士見2-13-3
電話 0570-002-301（ナビダイヤル）
印刷所———株式会社暁印刷
製本所———本間製本株式会社
装幀者———micro fish

●お問い合わせ
https://www.kadokawa.co.jp/（「お問い合わせ」へお進みください）
※内容によっては、お答えできない場合があります。
※サポートは日本国内のみとさせていただきます。
※Japanese text only

ISBN978-4-04-111137-6C0193 定価はカバーに表示してあります。　◇◇◇